Nous remercions le ministère du Patrimoine canadien,
la SODEC et le Conseil des Arts du Canada
de l'aide accordée à notre programme de publication

  Patrimoine   Canadian
canadien   Heritage

    Conseil des Arts   Canada Council
Québec ::   du Canada   for the Arts

ainsi que le Gouvernement du Québec
– Programme de crédit d'impôt
pour l'édition de livres
– Gestion SODEC.

Nous reconnaissons l'aide financière
du Gouvernement du Canada
par l'entremise du Programme d'aide au développement
de l'industrie de l'édition (PADIÉ) pour ce projet.

Illustration de la couverture :
Carl Pelletier

Couverture :
Ariane Baril

Édition électronique :
Infographie DN

Dépôt légal : 2ᵉ trimestre 2007
Bibliothèque nationale du Canada
Bibliothèque nationale du Québec

1234567890 IML 0987

LE PIÈGE

DU MÊME AUTEUR
AUX ÉDITIONS PIERRE TISSEYRE

Collection Chacal
L'Arbre-Roi, 2000.
Baha-Mar et les miroirs magiques, 2001.
Le Temple de la Nuit, 2003.
La Tour sans ombre, 2005.

Catalogage avant publication
de Bibliothèque et Archives Canada

Picard, Gaëtan

    Le piège

    (Collection Chacal ; 45)
    Pour les jeunes de 12 ans et plus.

    ISBN 978-2-89633-048-5

    I. Pelletier, Carl. II. Titre III. Collection

PS8581.I234P53 2007   jC843'.6   C2007-940361-1
PS9581.I234P53 2007

LE PIÈGE

GAËTAN PICARD

roman

ÉDITIONS
PIERRE TISSEYRE

9300, boul. Henri-Bourassa Ouest, bureau 220
Saint-Laurent (Québec) H4S 1L5
Téléphone : 514-335-0777 – Télécopieur : 514-335-6723
Courriel : info@edtisseyre.ca

gourgandieu: (n. m.) dieu de mauvaise vie qui se nourrit du fiel des hommes.

I

Cet été-là, Adam Scott avait décidé de louer un chalet pour ses vacances. Deux années s'étaient écoulées depuis qu'il avait été reçu médecin, et il n'avait pas encore eu l'occasion de s'arrêter pour souffler. Le travail à la clinique était très exigeant, et on lui en demandait chaque jour un peu plus. Aussi, malgré son penchant pour le camping sauvage, il avait cette fois jugé que le confort d'un chalet ne pouvait pas lui faire de mal.

— Cette épidémie de rougeole m'a complètement vidé, s'était-il avoué à la fin d'une autre journée marathon. Trois semaines ne seront pas de trop pour me remettre sur pied.

De nature introvertie, Adam avait l'habitude de subir la pression en silence. Il en faisait un point d'honneur, comme ces gens qui, croyant prouver ainsi leur sagesse, prétendent pouvoir dormir n'importe où. Cependant, il sentait que quelque chose ne tournait pas

9

rond. Après toutes ces années à l'université et les longues nuits passées à étudier, la frénésie du monde médical commençait à peser lourd sur ses épaules. Ambitieux, il se condamnait lui-même à la réussite et reprenait le collier tous les matins sans un mot. Il n'avait quand même pas fait tous ces sacrifices pour baisser les bras à la première difficulté. Adam se garda donc de parler de l'épuisement qui l'accablait. Même Judith, sa compagne, n'en savait rien. Les vacances étaient toutes proches, et le jeune médecin espérait que ce répit lui serait salutaire.

C'est sur le babillard de l'hôpital qu'il avait déniché le chalet. L'annonce disait :

Chalet rustique, foyer, embarcations
Lac aux Esprits, Sainte-Philomène
225 $ / semaine
Tél.: 416 268-0954

À ce prix, même le nom du lac n'eût pu le rebuter. Il fit disparaître le billet dans sa poche, convaincu que c'était bien ce qu'il cherchait.

— Parfait-parfait ! murmura Adam pour lui-même. Judith va être ravie ! Elle qui a toujours adoré nager.

Adam ne s'était pas trompé. Judith se faisait une joie, elle aussi, d'échapper à la routine. Comme à toutes les fins de trimestre, fermer les dossiers qui encombraient son bureau lui paraissait une mission impossible. Mais Judith effectuait son travail avec la grâce d'une ballerine qui, ayant mémorisé tous les pas, sait danser sans musique. Les virgules des rapports comptables qu'elle produisait pointaient toutes vers la perfection, et les colonnes de chiffres, dressées par sa plume experte, relevaient d'un savant équilibre. Dans cet art difficile qui était le sien, la courbe du profit était la voie à suivre pour devenir quelqu'un de respectable, et elle s'y appliquait avec méthode.

Chacun de leur côté, les Scott avançaient sur cette artère où soufflait la bonne réponse. L'avenue qu'ils avaient choisie était si dégagée, ses lignes si pures, qu'il devenait inutile de se tenir par la main. Inutile de s'attendre. On pouvait y marcher les yeux fermés une vie entière sans risquer de se perdre. Partout sur la chaussée, les traces de ceux qui les avaient précédés indiquaient la voie à suivre. Mais la réussite a un prix. Un prix que, certains jours, il leur semblait payer plus chèrement que d'autres. Durant les années à venir, ils devraient vivre pour leur travail et se tuer à la tâche. C'était, comme on dit, la clé du succès. Pas étonnant qu'ils rêvaient de s'évader tous les deux dans la nature. Mais au dernier moment, Judith dut renoncer au voyage. Un poste de direction, qu'elle convoitait depuis des mois, lui avait été offert, et il n'était plus question de vacances avant l'année suivante. D'une voix fière qui dissimulait mal sa déception, elle avait annoncé la nouvelle à Adam.

— Je sais, c'est ennuyeux, comme ça, à quelques jours de notre départ. Je te rejoindrai pour la fin de la semaine, s'était-elle empressée de préciser. Je partirai directement du bureau vendredi prochain. On se préparera des côtelettes au porto, comme tu les aimes. Je m'occupe de tout ! Profites-en pour te reposer. Et puis… qui sait ? peut-être y aura-t-il une petite surprise pour ton anniversaire !

Adam n'était pas particulièrement heureux de ce contretemps. Fin philosophe, il se fit tout de même vite à l'idée. Il ne détestait pas se retrouver seul pour lire ou simplement pour se promener. De toute façon, il le savait, Judith n'y pouvait rien. Elle devait rester en ville. Cette nouvelle carrière était pour elle la chance d'une vie.

II

La veille du départ, la famille d'Adam organisa un dîner pour célébrer son anniversaire qui approchait à grands pas. Trente-trois ans : un âge qui, malgré la signification qu'on lui connaît, le laissait plutôt indifférent. Fatigué, Adam participait à la fête sans enthousiasme. Il s'y prêtait d'un air absent, comme on se livre à un jeu dont on maîtrise toutes les ficelles et que l'on sait pouvoir gagner sans effort.

Après le repas, Adam accompagna son père au salon pour le thé.

Alors ? Tu as finalement trouvé un chalet pour tes vacances ?

— Oui, et tu ne devineras jamais où !

— Au lac Bleu, comme la dernière fois ?

— Non. À Sainte-Philomène. Là où grand-père avait sa ferme.

— Sainte-Philomène ? Pourquoi si loin ?

13

— Une véritable aubaine, lui expliqua Adam.

— Personnellement, je ne suis pas certain que j'y remettrais les pieds. Pas après tout ce qui s'y est passé.

— Ce sera la première fois que j'y retournerai, et j'avoue que je suis plutôt curieux de voir ce qu'il reste du petit village que j'ai connu.

— Ma foi, c'est ton droit. Ce sont tes vacances après tout. C'est quand même une drôle d'idée, voilà ce que j'en dis.

— Et pourquoi donc ? fit Adam en consultant sa montre du coin de l'œil.

Il craignait que son père ne se lance dans une de ces histoires truffées de parents obscurs ou de voisins sans visage, et dont lui seul gardait le souvenir. Mais le jour de son anniversaire, on doit faire preuve de patience. Mieux valait s'y résigner : ses valises ne seraient pas bouclées le soir même, comme il l'avait projeté.

— As-tu oublié ? C'est dans ce petit village que ton grand-père a rencontré celle qu'il rêvait d'épouser. Une MacMillan. Cela avait causé tout un émoi, tu peux me croire.

— Grand-père Scott courtisait une autre femme qu'Alice ? s'étonna Adam, incapable

14

d'imaginer le vieux couple vivant séparément. Une autre que grand-mamie?

— Ton aïeul était très populaire auprès des jeunes filles, lui confia son père.

Un sourire narquois illuminait son visage et suggérait que la nature, dans un élan de générosité, l'avait doté d'un charisme tout aussi redoutable.

— Qu'est-ce qui n'a pas fonctionné, alors?

— Cette liaison était impossible, et l'union dont il rêvait ne se concrétisa jamais. Sous la pression des familles, les amoureux n'eurent d'autre choix que de se séparer. Vois-tu, déjà à cette époque, les MacMillan et les Scott formaient deux familles rivales. Tu te souviens d'eux, n'est-ce pas? De drôles de diables que rien n'effrayait. Des excentriques, comme disait ta mère pour rester polie. Plusieurs furent fauchés dans la fleur de l'âge. Comme Gros Louis. Pauvre type : écrasé sous un arbre qu'il taillait en plein orage. Il avait un garçon qui te ressemblait. Tommy, si je me rappelle bien.

Adam but un peu de thé en opinant du bonnet.

— Il avait aussi une fille, à peine plus âgée, insista le père.

Monsieur Scott ne s'arrêterait pas avant d'avoir l'assurance que son fils se remémorait chacune des personnes dont il lui parlait.

— Quel était son prénom déjà ?

— Émilie, répondit Adam, une lueur au fond des yeux.

Le père avait visé juste. Les souvenirs de son fils étaient cette fois bien éveillés.

— Oui, Émilie. C'est ça. Une jolie fille, mais un peu pâle, comme sa mère.

— Je me souviens de leur ferme. Des animaux…

— Ah ! Bien sûr. La ferme des MacMillan ! C'était la plus importante de la région. Elle s'étendait de la rivière du Diable jusqu'au rang Saint-Édouard. Mais, comme si les meilleures terres du canton ne leur suffisaient pas, leurs troupeaux venaient toujours brouter dans les prés qui appartenaient à notre famille. De grandes vallées herbeuses, idéales pour les cultures et le bétail, et pour lesquelles une véritable guerre fut engagée. Même le plus ignare des villageois, dans sa mansarde solitaire, avait son opinion sur cette affaire. Mais le village a bien changé, l'avertit le vieil homme. Ces terres sont aujourd'hui marécageuses et n'intéressent plus que les canards. Après la mort du Gros Louis, les MacMillan ont abandonné la région, et cette histoire a été oubliée.

— Ah bon.

Distrait, Adam ne l'écoutait plus que d'une oreille. Pendant que son père appelait l'est et l'ouest à son secours pour dénoncer les responsables de cette guerre de clôtures, sa montre avait pris du retard. Cela le contraria, car il la possédait depuis longtemps et ne s'en séparait jamais. Elle était le centre nerveux de sa vie réglée au quart de tour. La totalité des consultations, des examens et des interventions s'y succédaient avec une précision clinique. Sans montre, l'esprit logique d'Adam gisait sans repère, comme un blessé sur sa civière. Ses pensées n'allaient nulle part, et il lui sembla que le monde, autour de lui, se relâchait sous l'effet d'une mystérieuse anesthésie. Il se consola en se disant que c'était peut-être là un signe que les vacances étaient commencées. Qu'enfin il pourrait prendre le temps de souffler un peu. Adam secoua sa montre, tout en sachant ce geste parfaitement inutile. Le sablier des jours s'était arrêté, et une seule possibilité s'offrait désormais à lui : s'arrêter à son tour.

III

Adam quitta la ville le samedi, en fin d'après-midi. Le chalet était à trois heures de route vers l'est, et c'est à la brunante qu'il arriva à Sainte-Philomène, ou Sainte-Philo, comme on disait là-bas. Le village était petit. Il y avait quelques maisons, une église et son cimetière, un garage qui affichait « fermé », et un restaurant dont l'enseigne de bois se balançait en grinçant. « Repas légers pour emporter », proposait son lettrage terni aux clients pressés. À l'autre bout de la rue se trouvait un bar avec terrasse et, plus loin, une épicerie devant laquelle se disputaient des enfants. C'est là qu'Adam s'arrêta.

Les passants qui le virent descendre de voiture ne s'étonnèrent pas de son arrivée. Ils crurent qu'il s'agissait d'un habitant du village voisin en visite chez un parent. Aucun d'eux ne pensa qu'il était un touriste de la grande ville. Il faut avouer qu'Adam, dont les ancêtres étaient originaires de ce coin de pays, avait le physique des gens de la région. Grand, fort, et arborant une barbe de plusieurs jours, il avait cet air rude de ceux que le gros ouvrage n'effraie pas. Il semblait naturel qu'un homme de sa stature travaille aux champs, comme il est naturel à l'oiseau de chanter.

Adam se procura ce qu'il lui manquait pour vivre en ermite pendant plusieurs jours : pain, fromage, thé vert et chocolat, sans oublier le café pour le petit déjeuner. Une fois sa cargaison chargée dans le coffre, il partit à la recherche du chalet.

« La troisième maison après le quai de plaisance », lui avait précisé la voix au téléphone.

Suivant la route qui longeait le lac, il passa le quai de la plage publique, puis compta les entrées. Une, deux… et trois. Il y était. Adam engagea sa voiture sur une étroite pente de gravier qui tournait sur sa gauche. Le terrain était isolé des autres habitations et le vacancier s'en réjouit. Il aspirait à la tranquillité et l'endroit paraissait convenir parfaitement. Soudain, sous la lumière des phares, apparut la façade d'une vieille maison.

Au premier regard, Adam devina que personne n'y habitait depuis longtemps. Un tapis de feuilles mortes bloquait l'entrée et les fenêtres étaient grises comme un jour de pluie. Les murs avaient perdu leurs couleurs, et un simple coup de pinceau ne suffirait certainement pas à leur redonner l'éclat d'antan. Fort heureusement, la proximité du lac lui fit oublier les lacunes du gîte. Bordé de buissons, un escalier de bois descendait de la maison jusqu'à la rive. Sur ce point, on ne pouvait trouver mieux.

Adam fit quelques pas hors de sa voiture et huma l'air frais du soir. Il s'efforçait de faire le vide, de se laisser envahir par cette ambiance si différente de celle dans laquelle il baignait le reste de l'année. Il n'y parvint qu'à moitié. C'était trop tôt. Il devait d'abord décharger ses bagages, ce à quoi il s'affaira.

Encombré de paquets, il passa la porte. Sa première impression fut bien meilleure qu'il ne l'eut espéré. Le chalet était assez grand et paraissait confortable. Au centre, divisant salon et cuisine, se dressait un impressionnant foyer de briques rouges. Sa haute cheminée semblait à elle seule soutenir tout le chalet. Une passerelle de bois s'y appuyait et conduisait à une étroite mezzanine. Sous l'escalier qui y montait, deux portes battantes, dans le pur style *saloon*, donnaient accès aux chambres. Adam entra à l'intérieur de l'une d'elles et déposa ses valises. Sans être luxueux, l'endroit avait du cachet. Il devrait s'y plaire.

Au salon, une magnifique berceuse l'attendait. Le dossier de chêne en était finement ciselé et ses longs bras semblaient avoir été taillés pour le repos d'un roi. Adam s'y installa, ravi de savoir qu'elle était pour lui seul. Plutôt satisfait, il se gratta la barbe sans penser à rien d'autre. Le vacancier était arrivé à bon port.

Adam se berçait au milieu du salon lorsqu'il fut soudain frappé par ce qui l'entourait. Devant ses yeux ébahis, une quantité inhabituelle d'objets décoraient les murs. Bibelots empoussiérés, poupées démodées et tableaux décolorés s'y étalaient comme le plus dérisoire des butins. Tous aussi laids qu'inutiles, ils formaient un ensemble disparate qui ne pouvait qu'étonner. En les observant, une étrange sensation s'empara d'Adam. Un sentiment dont seul un archéologue ayant profané un tombeau égyptien aurait pu saisir toute l'ampleur. Comme les petits modèles du mobilier funéraire conçus pour servir le disparu dans sa vie future, chacun des bibelots semblait attendre que le souffle de leur propriétaire ranime leur minuscule cœur de bois. Imperturbables, ils défiaient la marée des jours, prêts à sortir de l'ombre au premier moment de nostalgie. Ils étaient postés dans tous les coins stratégiques : au-dessus de l'armoire, à l'entrée des chambres, sur le rebord des fenêtres, fixés aux portes, accrochés aux lampes, disposés sur les tables, partout ! Peu importe de quel côté on tournait la tête, ils étaient des bataillons à attendre un signal. Tant qu'ils tiendraient debout, ils veilleraient à ce qu'aucun souvenir ne prenne le large.

Dans un effort pour couronner cette collection unique, on avait exposé, bien à la vue sur la cheminée du foyer, le tronc d'un arbre mort. Il était accroché là, comme s'il s'agissait du plus prestigieux des trophées. Sans doute avait-il séjourné longuement au creux d'un étang, ou dans le lit d'une rivière, car les veines du bois en étaient tordues et épousaient les formes les plus bizarres qui soient. Même si on conférait parfois à ce genre d'objet une certaine valeur esthétique, voire presque mythique – c'est l'œuvre de la nature, disait-on –, Adam trouvait le résultat sordide. À son avis, il s'agissait plutôt du produit d'un processus inachevé : celui de la mort elle-même, à qui on avait osé soutirer le sombre tribut.

Adam fouilla dans un de ses sacs et sortit une bouteille de scotch. Elle lui avait été offerte pour souligner sa première année à l'hôpital et il l'avait conservée pour l'occasion. Tout en observant par la fenêtre le reflet de la lune sur le lac, il se servit un verre. La nuit était calme et un profond soupir semblait monter du cœur des montagnes. Le sourire aux lèvres, Adam réduisit les pages d'un vieux journal en boules et disposa du bois dans le foyer, comme il l'avait appris chez les scouts. Puis, envoûté par le ballet des flammes, il laissa danser ses pensées. Il rêvait à ce moment depuis si longtemps.

IV

Le lendemain, Adam fut éveillé par un groupe de corneilles qui croassaient sur la cime d'un arbre, près de sa chambre. Lorsque son visage bouffi de sommeil apparut à la fenêtre, elles s'éloignèrent en lançant des cris horrifiés. Plutôt ravi de son effet, Adam se recoucha. Mais malgré toute sa bonne volonté, il fut incapable de rattraper ses rêves. Ouvrant de nouveau les yeux, il vit que le ciel était sans nuages. Partout, la brise matinale donnait aux feuilles un éclat de printemps. Seul le lac, insensible au lumineux spectacle, semblait encore endormi. Il s'étendait, noir et immobile, comme si la nuit tout entière y était pour quelques heures engloutie. Les corneilles n'avaient peut-être pas tort : il était l'heure de se lever.

Quinze minutes plus tard, Adam était à l'extérieur. Il était déterminé à profiter de chaque instant de ses vacances et cherchait par quoi commencer. La baignade lui parut, par un si bon matin, tout indiquée. L'eau froide eut tôt fait de chasser les dernières vapeurs du sommeil et Adam nagea comme un enfant. Il en ressortit satisfait. Le soleil pouvait briller, le médecin était en vacances !

Sitôt hors de l'eau, il vit un voilier et une barque, retournés sur la berge telles les épaves d'un été révolu. Préparer le voilier lui paraissait une suite fort convenable. Le lac était vaste, et chaque vague semblait un écho des heures indolentes qu'elle promettait au vacancier. Adam trouva la voile au fond d'une remise aménagée sous le chalet. L'étroitesse de l'endroit l'empêchait d'y entrer et il eut du mal à dégager le mât, enfoui sous une pile d'outils et de planches. Quand tout fut en place, il poussa l'embarcation sur l'eau et quitta la rive.

Le vent était timide et Adam vogua tranquillement vers le centre du lac. Il y avait peu d'habitations et le tableau qui s'offrait à lui était des plus apaisants. Porté par le courant, le bateau se prêtait docilement aux humeurs du lac. Tout n'était que douce déviation loin des rivages du quotidien ; l'eau fuyant d'un côté, les montagnes défilant de l'autre, et les arbres se balançant comme de grands enfants pour bien montrer leurs vertes ramures. Même le soleil semblait ralentir sa course pour saluer le capitaine et son navire, son visage d'or brillant sur la noire pupille des eaux.

Adam navigua un bon moment sans penser à rien d'autre. Il y avait longtemps qu'il ne s'était pas senti aussi bien.

— Formidable ! murmura-t-il en ramenant habilement la voile pour virer à droite.

À l'extrémité du lac, une petite montagne reposait sur un lit de roseaux. Elle se dressait, perdue au milieu de nulle part, sa face sombre dominant le rivage ensoleillé. Adam la mesurait du regard, lorsqu'un bateau à moteur passa près de lui.

— Le Morne Échevelé est gris ! cria le pêcheur en pointant la montagne du doigt. Il y aura de la pluie, c'est certain !

Adam approuva de la tête, bien qu'il fût incapable de localiser un seul nuage dans le ciel. Il devait s'agir d'un vieil adage de la région. Satisfait, le pêcheur le salua et continua sa route.

Le Morne Échevelé. L'expression était jolie. Solitaire dans la plaine herbeuse, la petite montagne, avec ses flancs de pierre nue, ressemblait à un animal assoupi. Sa tête, coiffée d'arbres noirs et tordus, lui avait valu son nom. Le sauvage bouquet, planté comme une mèche rebelle sur son sommet, lui donnait un profil menaçant. Peu intimidé, Adam manœuvra pour s'en approcher. L'envie d'explorer cette curiosité le guida jusque dans son ombre, et déjà il cherchait le meilleur endroit pour y accoster. Malheureusement, il dut renoncer à son projet. Au pied du Morne, le lac se transformait en un lagon marécageux et il vira avant que la quille de son voilier ne soit prisonnière des algues et de la boue. Adam se félicita de son adresse. Sans elle, sa randonnée aurait été sérieusement compromise. Fendant les eaux, il rebroussa chemin et mit le cap sur le chalet.

Une fois à terre, il profita des derniers rayons de soleil pour se sécher. Le pêcheur ne s'était pas trompé : le vent s'était levé et une bande de nuages couvrait l'horizon. La pluie était pour bientôt. À la première goutte, Adam tira le voilier sur la berge et fila se mettre à l'abri.

C'est en enfilant une veste qu'il remarqua une des innombrables babioles qui l'entouraient sitôt passé à l'intérieur. Il s'agissait d'un cadre minuscule, fixé au mur en face de lui. Il était fait de petites pierres de couleurs, collées sur une mince planche de bois, et que des ficelles regroupaient en formes géométriques. La scène, comme il se doit, était on ne peut plus estivale : un voilier glissant sur l'eau. Deux triangles blancs en formaient les voiles, et un ovale écrasé, ressemblant à un fruit trop mûr, en dessinait la coque. L'eau était faite de pierres bleues de plus grosse taille, entre lesquelles l'artiste avait ajouté de fins cristaux jaunes pour suggérer le sable sous l'onde claire.

Adam n'avait jamais compris que les gens puissent perdre leur temps à produire de telles horreurs. Si seulement ils avaient la décence de les garder hors de vue, au fond d'un tiroir, ou sur la plus haute tablette d'une armoire dont eux seuls posséderaient la clé. Leur mauvais goût serait ainsi à moitié pardonné. C'était là son idée sur l'art en général, qu'il trouvait inutile et, parfois même, encombrant. C'est en pensant à cela, qu'il décida de retourner au grand air aussitôt l'averse terminée. Il lui tardait de découvrir les charmes de l'endroit, et une promenade en forêt lui souriait.

V

En quête d'aventure, Adam s'engagea sur un sentier qu'il avait découvert, caché à l'ombre d'un grand pin. Peut-être conduisait-il à un autre lac, ou à un campement de chasseurs, même si, visiblement, il n'avait pas été emprunté depuis de nombreuses années. D'épaisses broussailles reprisaient l'étoffe de la forêt et faisaient de sa randonnée un exercice plus difficile qu'il ne l'avait imaginé.

Enfant, Adam passait ses étés à la campagne. Debout au lever du soleil, il s'empressait de sortir pour retrouver, par-delà les champs, les parfums de la forêt. Chaque heure possédait ses merveilles et les premières étaient, à ses yeux, les plus belles. La rosée sous la brume, la fraîcheur de l'herbe, le frisson coloré d'une fleur, le piaulement des oiseaux, tout cela transportait son imagination, l'envahissait d'une lumière connue de lui seul et qui lui appartiendrait toujours.

Très tôt, lors de ses randonnées, il avait pris l'habitude de donner des noms aux arbres qui gardaient les pistes. Il y avait Toupointu, l'épinette dont la haute tête brillait avant toutes les autres au lever du soleil. Long Pied, le vieil érable dont les racines descendaient la colline pour se rafraîchir au ruisseau. Il y avait Lo, Ho et To, trois jeunes bouleaux courbés à l'ombre du gros rocher, telles de blanches fées priant sur l'herbe. Tous ces arbres avaient été de secrets compagnons, des témoins de son amour pour la forêt. Chaque fois que quelque chose n'allait pas, c'est à eux qu'il confiait les débordements de son cœur. Il parcourait alors les bois sans savoir où il allait, suivant la direction que semblaient lui indiquer les branches des arbres.

Un jour, il poussa un peu trop loin son expédition. S'inquiétant de ne pas le voir revenir, ses parents le crurent perdu et organisèrent une grande battue. Lorsqu'ils le retrouvèrent, chassant tranquillement ses rêves, ils le grondèrent sévèrement. Cette nouvelle escapade les avait éprouvés et, à partir de ce jour, ils lui interdirent de gravir la colline ou de traverser le ruisseau. Le petit Adam, bien sûr, en fut très malheureux.

Chaque matin il voyait Toupointu et Long Pied, fièrement dressés vers le soleil, et aurait souhaité courir leur dire qu'il ne les avait pas oubliés, qu'il les aimerait toujours. Puis, en vieillissant, ce sentiment le quitta peu à peu et, bien qu'il aimât encore la forêt, les arbres ne furent plus jamais ses confidents.

Adam redescendait la pente d'une petite colline, songeant aux jours de son enfance, lorsque le sentier s'arrêta abruptement. Une barrière d'arbustes, gris et secs, se dressait devant lui et l'empêchait d'aller plus loin. Au-delà, tout était mort. De hautes épinettes, de leurs branches nues, semblaient tisser une gigantesque toile qui étouffait l'éclat du jour. Pas un son, pas une brise, rien d'autre que la grisaille des arbres sans vie. Derrière ces quelques branches, une ancienne forêt se moquait des saisons et refusait de céder la place. Ses racines s'accrochaient à la terre qui l'avait nourrie, comme les doigts d'un cadavre à celui qui lui survit. Embêté, Adam se vit contraint à regagner le chalet. Après le Morne, voilà que les arbres le forçaient de battre en retraite. Vaincu, il allongea le pas et quitta les bois sans se retourner.

VI

Cette première journée avait été bien remplie et Adam retrouva la quiétude du chalet avec plaisir. Distrait, il tendit la main vers la patère. Il tâtonna un moment, certain d'être au bon endroit. Dans un faux mouvement, ses doigts accrochèrent un bibelot : un minuscule sapin en bois, fabriqué de bâtonnets patiemment assemblés les uns aux autres. Sur chacune de ses branches, de courtes aiguilles avaient été fixées. L'artiste avait même pris soin d'en blanchir la pointe pour imiter la neige fraîchement tombée. Impuissant, Adam vit le petit arbre plonger de son perchoir et s'écraser sur le tapis. Laissant une traînée d'aiguilles derrière lui, il roula sous le divan. Adam alluma et s'empressa de le ramasser. Dès qu'il y posa la main, le petit tronc se détacha de sa base et plusieurs branches se brisèrent.

Adam chercha à réparer son gâchis, mais c'était peine perdue. Le bibelot tombait en morceaux. Quelques secondes avaient suffi pour le rendre semblable à ces vieux arbres devant lesquels le sentier s'était pour toujours arrêté. Adam jeta les débris dans le foyer en s'amusant de la coïncidence. Puis, d'un coup de balai, il y fit suivre les aiguilles.

Avec un peu de chance, ils ne remarqueront même pas sa disparition, songea-t-il en embrassant du regard les figurines qui l'épiaient en silence.

Malgré le malaise qu'il ressentit, l'instant suivant il n'y songeait déjà plus. L'air de la campagne lui avait creusé l'appétit, et ses pensées venaient de se tourner vers le repas qu'il allait maintenant se préparer : de la truite ! Un plat simple à cuisiner, mais savoureux, comme il les aimait. Avec l'enthousiasme d'un grand chef, il se servit deux de ces délicieux poissons relevés de citron et de persil bien frais. Chaque bouchée lui arrachait un soupir de satisfaction, et il mangea sans lever les yeux de son assiette. Peintes sur la porcelaine, de minuscules ballerines formaient une farandole autour de son repas.

J'espère que Judith va bien, pensa-t-il en s'amusant à compter le nombre de danseuses qui effectuaient le même pas de deux.

À la fenêtre, le soleil couvrait les montagnes de son feu doré et offrait un tableau parfait. Les nuages, le ventre lourd de lumière, s'apprêtaient à traverser les heures bleues de la nuit. En pensée, Adam les accompagnait. Il s'envolait au-dessus des forêts et des lacs, par-delà les montagnes et les océans, et voyageait avec eux à la recherche de l'aube.

Interrompant ses rêveries, Adam jeta quelques bûches dans le foyer. Lorsque le feu fut bien allumé, il s'installa dans la berceuse et ouvrit un des livres qu'il se promettait de lire depuis longtemps. Un ouvrage d'Arthur W. Becker : « Les croyances de l'avenir ». L'auteur y vulgarisait avec brio les derniers développements de la pensée scientifique. Par l'application de formules toutes simples, l'astrophysicien et ses amis n'annonçaient rien de moins que la réincarnation prochaine de Dieu. Il ne restait plus qu'à séquencer son génome.

— C'est un *must*! lui avait dit un confrère, mordu de sciences comme d'un sport pour génies extrêmes. J'ai dû le lire trois fois pour tout comprendre !

Adam avait toujours aimé se mesurer à plus fort que lui, et estimait l'épaisseur du bouquin avec un air de défi. Il en avait lu d'autres ! Pourtant, après seulement quelques lignes, ses yeux délaissèrent les pages du livre. La sculpture de bois, accrochée à la cheminée, le dérangeait. Toutes les fois qu'il levait la tête, son regard s'y attardait plus longuement. À la lueur des flammes du foyer, des formes invraisemblables y apparaissaient. Elles dansaient un moment sur l'écorce grise, puis s'évanouissaient comme un mauvais rêve. Intrigué, Adam troqua son bouquin pour sa caméra.

Je dois garder un souvenir de cette bizarrerie.

Il la photographia d'abord de face, puis, fléchissant les genoux, y alla d'une contre-plongée. L'œil au viseur, il se mit ensuite à chercher de nouveaux angles. Son dégoût de la veille se transformait en une curiosité pour le moins inhabituelle de sa part. Il fallait admettre que l'objet avait un certain attrait. En fonction de l'éclairage, il se métamorphosait totalement, comme s'il avait un visage bien défini pour chaque heure du jour. Adam ne se lassait pas de l'observer, cherchant à démasquer l'identité fuyante qui se dissimulait dans les veines du bois.

Soudain, quelque chose le frappa à la tête. Se détachant du plafond où il était suspendu,

un petit poisson de porcelaine venait d'effectuer son dernier plongeon. Il s'abîma sur le
sol dans un bruit de vaisselle brisée, couvrant
les pieds d'Adam de minuscules écailles vertes
et bleues. Au passage, une des nageoires tranchantes lui avait heurté le crâne et il saignait
abondamment. Mais ce qui le mit surtout en
rogne était le piteux état de son appareil. Sous
le choc, l'objet lui avait glissé des mains et
gisait en plusieurs morceaux sur la dalle de
pierre du foyer.

— En plus d'être inutiles, ces fichus
bibelots sont dangereux ! siffla-t-il en les
maudissant du premier jusqu'au dernier.

Comme l'exigeait sa fonction, sa trousse
de premiers soins n'était pas bien loin. Il nettoya la blessure en grimaçant. L'entaille était
profonde, et un pansement fut nécessaire
pour freiner l'hémorragie. Son travail terminé, Adam jugea préférable d'aller au lit. Il
avait définitivement besoin d'un peu de repos.
Quelques minutes plus tard, son livre à la
main, il s'endormait.

VII

Les jours qui suivirent furent plus repo-
sants et Adam succomba bien vite aux charmes
des vacances. C'était la vraie vie. Tout ce qu'il
avait à faire était de profiter du soleil. Parfois,
il lisait un peu ou piquait une sieste dans le
hamac du jardin, une activité qu'il appréciait
particulièrement. Cela résumait l'essentiel de
la cure qu'il s'imposait, c'est-à-dire demeurer
au grand air. Même le temps gris ne pouvait
le retenir à l'intérieur. Il marchait alors pendant des heures sur la route qui longeait les
rives du lac, enviant la vie des fermiers et le
bonheur tranquille de leurs troupeaux.

C'est lors d'une de ses promenades qu'il
entendit pour la première fois la douce
musique d'un accordéon. Plus légères que le
vent, des notes envoûtantes s'élevaient des
pâturages et se mêlaient au chant des arbres.
C'était une mélodie triste, vraisemblablement
très ancienne, et admirablement jouée. Les
notes provenaient du sommet d'une pente

41

qui grimpait à sa droite pour rejoindre les champs. Sans réfléchir, Adam sauta la clôture et courut jusqu'en haut. Déçu, il ne vit personne. Ignorant ce petit détail, la musique continuait à murmurer sa jolie rengaine. Elle semblait provenir tantôt de sa gauche, tantôt de sa droite, et, quoi qu'il fît, elle fuyait toujours plus loin devant lui.

Après un moment, Adam se laissa tomber dans l'herbe. Les yeux mi-clos, il regarda les nuages glisser dans le ciel. Il lui semblait que leur silencieux cortège, porté par les vents de la mélancolie, remontait le cours du temps. Le blanc défilé s'en retournait errer au-dessus d'anciens châteaux, inondant au passage des forêts aux sentiers oubliés. Adam resta étendu à écouter les airs de l'étrange musicien célébrer ces contrées au passé héroïque, et longtemps encore il y serait demeuré si la musique n'avait soudain cessé, s'enfuyant tel un rêve vagabond regagnant les cieux.

Les portes battantes grincèrent en le laissant entrer dans sa chambre. Épuisé, il s'étendit sur le lit. Quelle merveilleuse musique on entendait, le soir, dans ces prés !

Je dois m'informer au village afin de connaître le nom de cet accordéoniste, se promit-il avant de s'assoupir.

Lorsqu'il ouvrit les yeux, les dernières lueurs du jour dessinaient de grandes raies orangées sur le mur à sa droite. Par un curieux hasard, leur éclat se confondait aux rayons de la bibliothèque qui y était installée. Coincé entre deux piles de livres, Adam vit alors un bibelot beaucoup plus joli que tous ceux qu'il avait remarqués.

C'était une souche d'arbre en plâtre, peinte avec soin pour recréer les nuances de l'écorce. Sur elle, un gnome au chapeau écarlate était assis. Derrière sa barbe blanche, on devinait un large sourire que rien ne pouvait effacer. Ses yeux rieurs, levés vers le ciel, en témoignaient. Au-dessus de sa tête, une feuille de chêne, toute d'argent, était suspendue au côté d'un magnifique gland en or. Les deux brillaient sous le lustre rougi du soir et donnaient à la scène un éclat surnaturel. S'il avait toujours eu son appareil, Adam en aurait certainement tiré un ou deux clichés pour se prouver qu'il n'était pas en train de rêver, pour s'assurer qu'il ne se trompait pas. Incrédule, il s'approcha ; entre les mains du gnome, toutes rondes et potelées, s'étirait un petit accordéon vert.

Adam était désarmé par la découverte de cette figurine étonnante. Il ne voyait plus que l'accordéon, que les petits bras courbés qui faisaient mine de l'actionner, les doigts blanchis posés sur les touches. L'air qu'il avait entendu dans les champs lui revint à l'esprit, et il se surprit à en fredonner quelques mesures.

Une coïncidence, songea-t-il. *Juste une autre coïncidence. À moins que…*

Adam se tourna et regarda les objets qui meublaient la chambre où il se trouvait. Était-il possible que… Non, c'était insensé ! De simples bibelots ne pouvaient être un écho de ce qu'il vivait ! Des statuettes bon marché, même avantagées par la force du nombre, étaient tout simplement incapables d'influer sur le cours des choses. Pourtant, un fait ne pouvait être nié : ce gnome musicien avait choisi l'heure propice pour sortir de l'ombre. Comme le petit sapin de bois avant lui, comme le poisson de porcelaine qui avait failli lui ouvrir le crâne, comme…

— C'est absurde ! clama-t-il à haute voix, espérant chasser cette pensée aussi rapidement qu'elle lui était venue.

Cela ne fonctionna qu'à moitié. Pour tout dire, l'idée que ces objets puissent être un reflet de ce qu'il allait entreprendre dans les prochains jours l'excitait. Si, comme il l'imaginait, chacun d'eux détenait un secret sur son avenir, il devenait possible, en les examinant, de découvrir ce que demain lui réservait. Intrigué, il se mit à étudier un peu mieux les objets qui habitaient le chalet. Ils étaient nombreux. Inoffensifs en apparence, ils prenaient à ses yeux une nouvelle allure. En les observant, il cherchait un indice, la piste vers un inconnu : lui-même.

Adam visita les chambres puis passa le salon et la cuisine au peigne fin. Il ne négligeait aucun objet, les retournant deux fois plutôt qu'une. Cela s'avéra une longue tâche, car il en découvrait toujours de nouveaux qu'il n'avait jamais vus. Mais, au bout du compte, il n'en retira rien de bien sérieux. Au contraire, un sentiment ridicule lui fit prendre l'affaire à la légère, et plusieurs figurines suggérant des scènes farfelues le pressèrent d'abandonner. Toutefois, au fond de la dernière chambre, accroché sous un miroir au visage aussi terne que rond, il aperçut un objet dont la familiarité lui parut suspecte.

VIII

Caché dans un coin oublié de cet étrange musée, un petit cadre de cuivre bosselé étouffait sous les toiles d'araignées. Adam le nettoya d'un geste fuyant. Il avait, dès ses premiers cours d'art, détesté cette façon de faire. Ces illustrations, travaillées sur l'envers, devaient être martelées et ciselées jusqu'à ce que l'image et la matière épousent ensemble les pulsions secrètes de l'âme. Dans son cas, cela n'avait pas fonctionné. La feuille de cuivre, horriblement tordue, était allée dans la première poubelle et, avec elle, l'âme d'artiste du futur médecin.

Le petit tableau qu'il avait sous les yeux était fort différent. Ses reliefs étaient d'une précision admirable. On y voyait des gens buvant et dansant, tous vêtus de leurs plus beaux atours. Au centre de l'œuvre, le clocher d'une église veillait sur la joyeuse assemblée.

— Un mariage, conclut Adam.

D'elles-mêmes, ses pensées le ramenèrent à son adolescence, alors qu'il travaillait comme sacristain dans une petite paroisse anglicane. Il tondait la pelouse, faisait sonner les cloches, nettoyait la grande salle, avant, après et parfois même pendant les réceptions. Il lui semblait encore sentir ce mélange d'encens et de détergent typique d'un lieu de culte fréquenté. À l'emploi du clergé, Adam avait vite appris que, dans les cieux comme sur la terre, on ne supporte pas la poussière.

Dans ses souvenirs, il revoyait la cérémonie qui devait sceller l'union de l'aîné des MacMillan, Andrew, avec la fille du député. Sans contredit la plus grosse noce jamais célébrée dans la région. Deux tentes avaient été dressées devant l'église pour accueillir les invités, tant ils étaient nombreux. Adam n'avait pas échappé à la fête. Il n'avait pu esquiver une des filles d'honneur, qui était aussi la sœur du marié : une jeune personne d'une beauté triste et sans éclat, prénommée Émilie. Ce soir-là, transportée par le bonheur de son frère, elle resplendissait d'un feu d'autant plus brûlant qu'on le devinait éphémère. Par un touchant tour du destin, sa pâle figure avait emprunté à la fête les couleurs du plaisir. Adam avait été ému par la fragile élégance qui s'en dégageait. Une fée, croyait-il, ne lui serait pas apparue avec plus de grâce. La belle s'avançait parmi la foule, un bouquet à la main comme unique parure. Elle le tenait comme s'il n'eût rien existé de plus précieux en ce monde que les fleurs immaculées qui frémissaient contre sa poitrine. Leur parfum avait grisé le jeune homme et un vertige jusque-là inconnu s'était emparé de lui. Envoûté, il avait été incapable d'esquisser le moindre geste. Il ne pouvait que regarder Émilie approcher. Un simple sourire, accroché à ses lèvres, lui avait redonné vie. Sans se faire prier, Adam avait suivi la jeune femme sur la piste. La musique, lui avait-il semblé, ne jouait alors que pour eux. À son propre étonnement, quelques pas avaient suffi pour les transformer en partenaires accomplis, si bien qu'au dernier mouvement, on aurait juré que les deux danseurs s'étaient toujours connus. Lorsque les musiciens avaient déposé leurs instruments, le couple était demeuré dans les bras l'un de l'autre, ignorant le bavardage amusé des invités. C'est Émilie qui avait rompu le silence.

— Viens, lui avait-elle dit.

Sans autre explication, elle avait entraîné son cavalier loin des regards. À la course, elle l'avait attiré du côté du cimetière, derrière la sacristie. Ses talons pointus traçaient une piste secrète entre les croix et les pierres. Plusieurs de celles-ci étaient érigées à la mémoire de ses ancêtres, mais elle les dépassait sans une pensée pour les disparus. En cet été de ses quinze ans, Émilie MacMillan attendait beaucoup trop de la vie pour se soucier du repos éternel. Les esprits devraient patienter. La jeune femme ne comptait pas leur adresser une prière de sitôt. Pas avant que tous ses rêves ne soient réduits en cendres.

De toute façon, lorsque ce triste jour sera arrivé, raisonnait la jeune fille, *seul l'au-delà offrira encore à mon âme un peu de réconfort.*

Émilie avait conduit Adam au pied d'un grand saule. Le vent dans ses feuilles couvrait l'écho de la fête et en passant sous son ombre ils surent avoir trouvé le refuge qu'ils cherchaient.

— Ici, nous serons tranquilles, avait-elle glissé à l'oreille du garçon.

Adam n'avait rien oublié : le parfum de la robe, la tension des corps, les soupirs qui font perdre la tête. Étourdi par le tourbillon de ses émotions, il s'était accroché à l'amour comme on s'accroche à un rêve. On lui avait offert le grand rôle, et il devait jouer la scène jusqu'au bout. Suivre ce que lui dictait son instinct. Il aurait le temps voulu pour réfléchir après.

Soudain, il avait relevé la tête. Dans les branches, quelque chose avait bougé. Adam avait aperçu une petite créature froissant les feuilles de quelques bonds agiles.

Sans doute le chat de monsieur le curé, avait-il pensé, trop attentif aux charmes de sa nouvelle conquête pour s'attarder plus longtemps à la question.

Jamais il ne sut s'il avait vu juste car, à cet instant précis, sous le poids des corps enlacés, le sol s'était affaissé. Six pieds plus bas, un cercueil avait cédé. Dans un bruit sinistre, il avait laissé échapper son haleine fétide. Émilie avait crié et Adam s'était retenu pour ne pas vomir. C'était pire qu'un cauchemar : c'était la réalité. Dans la nuit avait résonné le bruit d'une porte qui s'ouvre. En se redressant, Adam avait observé le curé debout sur son balcon. Quelques curieux se pressaient autour de lui dans l'espoir d'être les premiers à débusquer les trouble-fêtes. L'un d'eux, une torche électrique à la main, pointait dans la direction du grand saule.

Adam n'avait pas attendu d'en savoir plus : il avait enfilé son pantalon et pris ses jambes à son cou.

On avait secouru la jeune fille et rapidement apaisé ses sanglots, mais sa triste mine n'avait pu lui épargner ni le sermon du curé ni les reproches des invités. C'était un sacrilège et certainement pas une façon de se comporter pour une personne de bonne famille comme Émilie. La pauvre n'était pas prête d'oublier sa leçon : se laisser séduire passait encore, mais réveiller les morts un soir de noces n'était pas du tout convenable. Geste accidentel ou non, elle ne pouvait espérer de pardon. Sa maladresse avait jeté une ombre sur le bonheur des nouveaux mariés et gâché ce qui, jusque-là, avait été la plus belle journée de leur vie.

De son côté, Adam avait perdu la face et, plus important pour lui, l'objet qu'il chérissait le plus au monde : sa montre de poche. Elle avait appartenu à son père, et à son grand-père avant lui. Maintenant il n'oserait plus la réclamer. Honteux, il ne se sentait pas le courage d'affronter le regard d'Émilie ou de retourner au cimetière. Dans les deux cas, il redoutait ce qu'il pouvait y découvrir. Avec le temps, il espérait trouver la force nécessaire pour aller parler à son amie. Mais l'occasion ne se présenta pas. Le destin s'était chargé de séparer les deux adolescents et jamais il n'avait revu le pâle visage de la jeune fille. Le mois suivant, Émilie MacMillan disparaissait mystérieusement dans les eaux de la rivière…

IX

Adam ne toucha pas à son livre de la soirée. Assis face à la cheminée du foyer, il ne quittait pas des yeux la haute tour de briques. L'étrange tronc d'arbre y trônait, plus lourd et prétentieux que le jour précédent. Si, comme il l'avait imaginé, tous les bibelots s'accordaient ponctuellement à ses gestes, qu'en était-il de cette pièce de bois torturée ? Quel sordide événement de son futur y était rattaché et depuis quand l'attendait-elle ainsi ? Adam aurait bien voulu le savoir. Sans réponses, ces questions ne cessaient de le hanter. Cela tournait à l'obsession.

Sous l'éclat dansant des flammes, les veines du bois dessinaient de troublantes images, et le regard d'Adam s'égarait dans le jeu des formes enlacées. Il y devinait les membres d'un corps brisé se contorsionnant pour mieux emprisonner son esprit. Étouffant sa raison, la chose répétait un seul message sur tous les tons : « Je suis ici ! »

Oui, cette chose était là pour lui. La force occulte qui l'habitait attendait son heure, telle une promesse oubliée qui guette le bon moment pour se réaliser. Adam était troublé par cette perspective. Un scotch plus tard, il y pensait toujours.

Toute la nuit, les rêves d'Adam furent confus. Au réveil, le seul souvenir qui lui en restait était l'image de cette minuscule maison en bois, suspendue à l'intérieur du chalet, juste à la droite du foyer. Il était difficile de ne pas la remarquer, peinte avec ces couleurs criardes qu'affectionnaient les artisans de la région. Murs jaunes, volets écarlates, toiture verte et blanche, elle ressemblait à une cabane d'oiseaux comme on en trouve dans bien des jardins. Pourtant, un détail lui donnait une allure insolite, voire inquiétante : la petite porte, ainsi que les minuscules fenêtres à carreaux, avaient été barricadées. Clouées en travers de chaque ouverture, de courtes planches en interdisaient l'accès.

Un piège à gourgandieu, songea Adam, en se rappelant ce que disait son père.

C'était en effet le nom qu'on donnait autrefois à ces génies sans foyer, aussi agiles qu'un chat, et dont il fallait éviter de croiser le regard. Les paysans affirmaient que beaucoup de ces petites maisons, destinées aux oiseaux, étaient en réalité le refuge de ces esprits sauvages. Selon leur théorie, l'éclat coloré de la cabane les attirait. En effet, ayant toujours vécu à l'ombre des jours, les génies n'avaient pas appris à se méfier des attraits de la lumière. Lorsqu'on connaissait cette faiblesse, il était possible de les piéger sans trop de mal. Pour ce faire, il suffisait de demeurer vigilant et de condamner les issues de la cabane au premier signe d'intrusion. Privé de sa liberté, l'esprit perdait peu à peu de son influence et, avec elle, bien des tourments devenaient alors choses du passé.

Dans le rêve d'Adam, la maisonnette multicolore était habitée par un de ces esprits. Son ronronnement emplissait le chalet d'une rumeur de tempête et de grand vent. Il semblait vain de vouloir le retenir : au premier accès de colère, la petite porte serait pulvérisée. Tôt ou tard, elle céderait sous la pression. Soudain, dans un craquement sinistre, la cabane elle-même s'ouvrit comme une huître. Pareil à un diable bondissant de sa boîte, l'esprit en sortit. Portant une longue croix aux extrémités tordues en guise de harpon, il grimpa aux briques de la cheminée. Agile, il escalada le mur et monta jusqu'au tronc d'arbre qui y trônait. En équilibre sur son dos rond, il planta l'étrange instrument dans les veines du bois pour ne pas tomber. Une fois celui-ci bien fixé, il frappa du pied pour indiquer qu'il était prêt. À ce signal, le tronc ensorcelé s'éleva dans les airs. Sur les ordres de son pilote il manœuvra vers sa droite et s'éloigna de la cheminée. Il fit le tour de la cuisine et traversa ensuite le salon dans un magnifique vol plané. Bien en selle sur sa monture, le gourgandieu visita ainsi toutes les pièces du chalet. Il s'attardait à chaque bibelot comme un général passant ses troupes en revue et, jusqu'au matin, il sembla à Adam qu'il recommençait encore et encore le même manège.

Adam prêtait peu d'attention aux rêves et à leurs significations, jugeant trop aisé de leur faire dire une chose et son contraire. Nul doute que cet endroit singulier l'avait impressionné plus qu'il ne l'avait cru. Son imagination s'était chargée du reste. Bien sûr, il n'ignorait pas qu'autrefois les gens habitant à proximité des forêts craignaient ces génies. Les MacMillan, par exemple, leur attribuaient chaque incendie ou inondation qui ravageait leur terre. Eux, qui en d'autres occasions ne détestaient pas se frotter à la sorcellerie, avaient même renoncé à semer aux abords du grand bois. Ne disait-on pas que ces mauvais génies s'emparaient de l'esprit des hommes imprudents ? Qu'ils se nourrissaient des disputes et des conflits qui opposaient les villageois ? Une chose était sûre : on ne plaisantait pas avec le « maître du lieu », répondaient les anciens lorsqu'on leur posait la question.

Adam savait tout cela. Il savait aussi qu'une de ces disputes, dont raffolaient les gourgandieux, avait divisé sa propre famille et celle des MacMillan. Tous les habitants de Sainte-Philomène connaissaient les détails de la guerre des Écossais, comme on appelait la ronde ininterrompue de poursuites qui les avaient déchirés. Bien entendu, la petite escapade d'Adam avec la fille du vieux MacMillan n'avait pas contribué à rétablir la paix entre les deux clans. Le différend s'était éternisé, et, pendant des années, les gens du village n'avaient pu évoquer cette histoire sans que surviennent entre eux de nouvelles disputes.

« Je ne suis pas certain que j'y remettrais les pieds. Pas après tout ce qui s'y est passé », lui avait confié son père la veille de son départ.

Adam n'avait pas tenu compte de cette mise en garde. Il ne l'avait pas écoutée et était entré dans le chalet en se moquant de ces superstitions. Seuls les MacMillan étaient assez fous pour croire ce genre d'histoires. À les entendre, le jugement d'un gourgandieu était implacable. Placés dans sa position, ils n'auraient pas hésité une seconde : ils auraient bouclé leurs valises sans chercher à en savoir plus. Adam esquissa un sourire. Les gens étaient prêts à raconter n'importe quoi pour se vanter d'avoir effleuré l'inexplicable.

X

Tâchant d'oublier toute cette affaire, Adam sortit faire un tour. L'endroit n'était pas dépourvu d'attraits pour un passionné de sciences comme lui. Il débuta par une visite à l'observatoire astronomique qui dominait la région. Enfant, les étoiles fascinaient déjà son esprit curieux. Il ne pouvait imaginer ce que serait la nuit sans elles. Il n'osait se représenter le désespoir qui gagnerait le monde, à la fin de chaque jour, sans leur feu scintillant. Leur seule présence donnait un sens au côté obscur du temps, un visage à l'éternité. Le monde n'était-il pas la somme de leurs lumières conjuguées ? *Si oui,* pensait Adam, *chaque étoile qui s'éteint ou qui naît nous fait basculer dans un autre monde, un nouvel univers aux possibilités insoupçonnées. Un infini tout neuf.*

Une fois l'ascension terminée, Adam gara la voiture au pied de l'observatoire. On était en semaine, et il se réjouit de ne pas avoir à chercher une place. Mais sa bonne humeur fut de courte durée. Une goutte d'eau venait de frapper son pare-brise. Adam leva les yeux au ciel. Sa petite excursion vers les étoiles était compromise. Le temps s'était assombri et la pluie ne faisait que commencer. Penaud, il dut se satisfaire d'une visite des installations qui, malgré toute la science et ses déploiements technologiques, demeuraient à la merci du premier nuage venu.

Par bonheur, il découvrit un petit musée amérindien sur le chemin du retour. Le moment lui paraissait bien choisi pour en appendre plus sur la danse de la pluie et il s'y arrêta sans hésiter. L'exposition était consacrée au peuple montagnais qui, bien avant l'arrivée des Blancs, avait vécu sur ces terres. De nombreux objets de leur vie quotidienne y étaient réunis et, pendant quelques heures, Adam se laissa imprégner de leur histoire. Parmi eux, les accessoires sacrés du chaman de la tribu occupaient la place centrale. On y présentait de petites amulettes qu'il confectionnait à l'aide d'articles volés à ses victimes. Tout ce qu'il trouvait lui était utile : un bout de tissu, une mèche de cheveux ou la simple plume d'un chapeau devenait, entre ses mains, l'outil de terribles maléfices. Grâce à eux, le sorcier parvenait à affaiblir ou même à tuer un adversaire. Sceptique quant à leur efficacité, Adam s'en détourna pour s'intéresser à une robe cérémoniale, exposée un peu plus loin. En s'approchant, il vit que celle-ci était couverte d'un nombre impressionnant de clochettes métalliques. Certaines, d'une taille minuscule, étaient fixées à de longs rubans de soie qui pendaient autour de la taille. Leur léger tintement était destiné à éloigner les esprits malins qui hantaient les bois, et dont l'unique ambition était de dérober le souffle vital des sorciers imprudents. Une gravure représentait un chaman, vêtu d'une telle robe, dansant pour chasser une entité maléfique venue affliger le corps d'un jeune guerrier. La créature, semblable à un singe cornu, regagnait l'enfer en protégeant ses deux oreilles de ses pattes, et Adam avait l'impression qu'elle fuyait la piètre performance du vieil homme plutôt que ses sortilèges.

Adam compléta sa tournée par quelques courses au village. Il acheta le journal, fit provision de bonnes bouteilles, du vin rouge pour la plupart, et rapporta plusieurs sacs bien remplis de l'épicerie. Au bout de la rue principale il vit une cabine téléphonique et eut l'idée d'appeler Judith pour prendre de ses nouvelles.

— Adam ! C'est toi ? Ça va ?

— De mieux en mieux, malgré les nuages !

— Et le chalet ? C'est bien ?

— Oui. Très bien même. Le lac est magnifique…

Il ne souffla mot de tous les bibelots et du tronc mort qui le hantaient. Sur le coup, il lui parut plus amusant d'en réserver la surprise à son épouse.

— Et mon voisin est un accordéoniste inspiré !

— Tu me fais marcher ?

— Tu verras bien. Et toi ? Raconte-moi, ce nouveau poste ? Tu t'y plais ?

— Plus que je ne l'espérais ! Mais tu sais comment ça se passe : beaucoup de nouveaux dossiers à étudier en peu de temps. Par bonheur, les gens du département sont tous très gentils avec moi.

— Je le savais : tu te tracassais pour rien. Tu es la plus douée !

— Je t'en prie, ne te moque pas de moi. J'étais si nerveuse… J'ai passé deux nuits sans pouvoir fermer l'œil.

— Oh là! Il s'en passe des belles pendant mon absence.

— Ce que tu es bête!

— Je plaisantais, s'excusa Adam, gêné par sa propre maladresse. Tu arriveras quand? Vendredi ou samedi?

— Vendredi, tel que convenu, affirma Judith.

— J'ai hâte de te retrouver!

— Tu auras besoin de quelque chose? demanda-t-elle froidement.

Adam réfléchit un moment.

— Non, répondit-il.

Il cherchait les mots pour lui dire que sa présence était tout ce qui manquait à son bonheur, et faire ainsi oublier son faux pas, lorsque la ligne fut coupée.

— Allo? Judith? Tu es toujours là?

C'était inutile. Son temps d'appel était écoulé et Adam n'avait plus de pièces. Seul et malheureux comme un amant éconduit, il n'eut d'autre choix que de retourner au chalet.

XI

De violentes bourrasques fouettaient les arbres et soulevaient la terre. En un éclair, la pluie avait viré à l'orage. Conjuguée au mauvais état de la route, la tempête obligea Adam à ralentir. Les rafales étaient si fortes, qu'il dut remonter la vitre de sa portière pour se protéger. Décidé à ne pas laisser Dame Nature ruiner ses vacances, il alluma la radio. Il chercha un moment à capter une chaîne. Sans succès. Les ondes étaient complètement brouillées. Adam se consola : un tel déluge ne pouvait durer bien longtemps. Arrivé au chalet, il sortit ses paquets du coffre, puis se précipita à l'intérieur.

— Quel temps de chien !

Derrière lui, le vent referma bruyamment la porte. Sous la force de l'impact, le calendrier qui y était accroché fut arraché de son clou. Il glissa sur le parquet en roulant pareil à un bouquet de feuilles mortes. Adam remarqua alors qu'un second calendrier, plus ancien que le premier, était toujours collé au centre de la porte.

«Novembre 1973.» L'illustration du mois représentait deux chasseurs vêtus de chemises à carreaux et chaussés de longues bottes. Accompagnés de leurs chiens, ils guettaient, l'arme à la main, les allées et venues des canards parmi les roseaux. «Partie de chasse au Cap des Écossais», disait la légende sous le dessin. Adam sourit en songeant à ces vieilles saisons qui avaient tissé de leurs couleurs les ombres de l'histoire.

— Combien de jours oubliés pour quelques heures de lumière ? murmura-t-il en replaçant le calendrier de l'année en cours.

Tout en rangeant l'épicerie, Adam s'interrogeait sur l'identité des propriétaires qui, avant lui, avaient vécu en ces lieux. Il ne les avait pas rencontrés puisque, comme l'avait indiqué la voix au téléphone, il avait trouvé la clé en soulevant leur paillasson et simplement glissé le chèque sous la porte.

Sans doute un couple âgé, pensa Adam en regardant les murs chargés de toutes ces babioles démodées. *Ou encore un de ces illuminés que l'on peut voir dans les films d'horreur de série B.*

Il se mit en tête de percer le mystère. Ainsi, pour une deuxième fois depuis le début de ses vacances, il se glissa sous la passerelle et inspecta les chambres. Seulement, cette fois, il n'était pas à la recherche de bibelots fantaisistes ou simplement amusants, mais de la personnalité de leurs propriétaires. Dans son délire, il voyait là une étape cruciale de son enquête. Contenant mal son impatience, il ouvrit un à un tous les tiroirs, vérifia le contenu des commodes, regarda sous les lits. Pendant des heures, il poursuivit sa petite investigation. Il devait trouver.

C'est finalement une vieille carte de la région, dénichée au grenier, qui eut raison de sa curiosité. Roulé au fond d'une malle, le papier jauni craqua sous ses doigts lorsqu'il l'ouvrit. « Sainte-Philomène et ses environs », pouvait-on y lire. En médaillon, l'image de la petite sainte était reproduite. Une citation latine couronnait son visage pieux. « *Pax Tecum Filumena.* » Que la paix soit avec toi, Philomène.

— *Filumena* ou *Filia Luminis*. La fille de lumière, traduisit Adam, en se rappelant ses leçons de grec et de latin.

Même s'il la savait fortuite pour tout autre que lui, l'analogie avec Émilie s'imposa d'elle-même à son esprit. Par-delà les siècles, une aura de tragédie unissait la destinée de la fille des MacMillan à celle de la dévote chrétienne. La vie des jeunes filles avait eu l'éclat cruel d'un éclair fracassant la nuit. Avant l'âge de vingt ans, toutes deux s'étaient éteintes. Pour être franc, l'histoire de l'enfant martyre l'intéressait beaucoup moins que celle d'Émilie, à laquelle sa propre destinée avait été mêlée. Seule la mélancolie qui le gagnait pouvait excuser un tel repli sur soi. Loin d'être dupe, Adam se laissait submerger par ses souvenirs.

Je me demande si les terres de grand-père apparaissent sur cette carte, se questionna-t-il en retournant au premier étage, afin de l'examiner plus à loisir.

Il alluma la lampe à huile qui était posée sur la table et y étala le précieux document. Autour de la flamme tremblotante, le chalet paraissait étrangement réduit, et le tronc d'arbre, encore plus tordu que d'ordinaire. Adam voyait les veines du bois se creuser de gueules grimaçantes, furieuses de ne pouvoir crier ce goût de mort qui les déformait. Ajustant la mèche de la lampe, il s'empressa de chasser l'inquiétante vision. Rassuré, il préféra tout de même changer de siège plutôt que de s'asseoir dos à la chose.

En faisant glisser son doigt sur le tracé des rivières et des lacs, il trouva rapidement ce qu'il cherchait. La terre des MacMillan. Elle était si vaste qu'on ne pouvait la rater. Juste à côté, séparé par le lit marécageux d'une petite rivière, se trouvait le lopin de terre de son grand-père. La disproportion était frappante, et Adam se sentit un peu blessé, comme si le tracé sur cette carte venait lui rappeler ses propres limites. Plantée à la frontière des territoires rivaux, tel un monument de pierre surgissant au milieu de nulle part, une petite montagne abrupte jetait son ombre sur les deux domaines. C'était celle que l'on pouvait apercevoir à l'autre bout du lac lorsque, par jour de grand vent, le brouillard du marais se levait. «Morne Échevelé», disait une inscription griffonnée à l'encre rouge par-dessus le nom d'origine. Adam tendit la carte devant la lampe. Son éclat lui révéla les caractères imprimés sous les traits du crayon : Cap des Écossais.

— Tiens, tiens. Se pourrait-il que…?

Adam quitta son siège et se dirigea vers la porte. Aiguillonné par son intuition, il décolla l'ancien calendrier pour l'approcher à son tour de la lampe : «Partie de chasse au Cap des Écossais». Il n'y avait pas d'erreur possible : à l'arrière-plan de l'illustration, surplombant le marais, c'était le Morne Échevelé qui se dressait. Son singulier profil était facile à reconnaître. Tout autour, des arbres morts étaient plantés dans l'eau. Des arbres à l'écorce blanchie et aux branches dégarnies qui servaient de cache aux chasseurs. Adam tourna son regard vers la cheminée. Contre toute attente, ce vieux calendrier venait de lui livrer la clé de l'énigme qui le hantait. Le fameux tronc d'arbre avait grandi à l'ombre du Morne. Il avait été repêché dans les eaux du marais. Ses racines étaient là-bas.

Sa main trouva la bouteille de scotch et il avala une longue rasade. L'horloge de la cuisine indiquait 1 h 40 du matin. Pourquoi ne pas y aller maintenant ? Son destin l'attendait au bout du lac et il ne pouvait plus attendre. D'un geste rapide, il tira le rideau. La tempête était passée et la lune avait rendu à la nuit son éclat perlé.

— Parfait-parfait ! se félicita Adam.

Comme les autres objets du chalet, le tronc d'arbre avait dévoilé son secret. La suite, désormais, lui appartenait.

Adam chaussa des bottes de pêcheur, prit une torche électrique, et glissa sa bouteille sous sa veste, *pour le voyage*. Il se sentait l'âme d'un chaman qui part à la chasse aux esprits. Il ne devait rien oublier. Le succès de son entreprise en dépendait. Sous la passerelle, il trouva une cuillère et une fourchette de bois, dont les manches sculptés rappelaient deux épis de maïs creux. Il les prit et les fixa à sa ceinture. À chacun de ses pas, les longs ustensiles se frappaient en émettant un bruit cassant qui imitait la froide musique des os qui s'entrechoquent.

Cela devrait suffire à tenir les bêtes sauvages à l'écart, pensa Adam, satisfait.

Au moment de passer la porte, il s'arrêta. Il lui manquait encore quelque chose. Chaussé de ses bottes, il tira une chaise pour grimper. Du bout des bras, il décrocha le piège à gourgandieu. Qui sait ? La petite cage pourrait lui être utile.

XII

Le lac était beaucoup plus vaste qu'Adam ne l'avait cru. Au lieu d'une trentaine de minutes, sa petite excursion s'étira sur près de deux heures. L'image du tronc mort le poursuivait. Il revoyait ces bouches qui l'appelaient en le maudissant. Il lui semblait les voir parmi les vagues, cernant sa barque. D'un coup de rame il les chassait, mais elles revenaient aussitôt, tels des vautours attirés par un cadavre.

Soudain, la proue de sa barque heurta quelque chose. Inquiet, Adam fit glisser le rayon de sa lampe sur la surface de l'eau. Dressés dans la nuit, de vieux troncs blanchis lui faisaient obstacle. Il était arrivé à l'entrée du lagon. Étirant le cou vers l'avant, il manœuvra pour faire avancer son embarcation entre eux. Toute une forêt avait jadis grandi au centre du marais. Certains des plus gros arbres lui rappelaient la silhouette de

Toupointu ou le corps noueux de Long Pied, mais lorsqu'il s'en approchait, il ne trouvait que des squelettes d'arbres affreusement mutilés. Cachées derrière chacun des troncs pourris, de nouvelles ombres l'attendaient pour surgir du néant. L'une après l'autre, elles allaient gonfler la présence obscure qui le talonnait. Justifié ou non, ce sentiment le poussait à aller toujours plus loin. Décidé à s'en sortir, il ne quittait pas le Morne Échevelé des yeux.

Adam faisait de son mieux pour suivre le sinueux parcours qui se dessinait devant lui. En certains endroits, là où le marais se faisait moins large, l'eau n'était plus qu'une mince pellicule tendue sur une mer de boue. En cherchant à s'y frayer un passage, le fond de sa barque s'enlisa. Impossible de la faire avancer ou reculer. Elle était sérieusement embourbée et Adam se leva pour tenter de la dégager. Il devait y avoir un couloir qu'il n'avait pas vu, une voie navigable se faufilant jusqu'au cœur du marais. Plantant une des rames parmi les roseaux, il poussa sans que rien bouge. Mécontent, il voulut essayer à nouveau, mais la rame demeura fixée dans la boue. Adam n'avait plus le choix : il descendit et s'enfonça à son tour dans la vase. Le piège dans une main, sa torche électrique dans l'autre, il abandonna son embarcation. Elle ne lui était plus d'aucune utilité. Dans son malheur, il se félicita d'avoir chaussé des bottes de pêcheur : elles le garderaient au sec tandis qu'il traversait ce trou marécageux.

Ici et là, des îlots de terre surgissaient de la masse grise des roseaux. Tombés de ces monticules, des arbres dégarnis gisaient sur l'eau, pareils à des barrières se croisant au hasard. Adam perdit un temps fou à trouver son chemin parmi ce surprenant dédale qui, il l'aurait juré, cherchait à l'éloigner de son but. Plus d'une fois, il dut gravir les îlots de terre pour s'orienter, et plus d'une fois il dut se résigner à revenir sur ses pas à la recherche d'une autre issue. Lorsque la voie semblait enfin dégagée, c'est sous l'eau que les arbres, entassés pêle-mêle, lui faisaient obstacle. Il devait alors s'arrêter pour examiner les troncs à la lueur de sa torche. La dernière chose qu'il souhaitait était une glissade sur leurs dos ronds et moussus.

C'est donc avec beaucoup de précautions qu'Adam progressait. Chaque pas était savamment mesuré, et les ustensiles de bois accrochés à sa ceinture ne se faisaient pas entendre sans une étude préalable du terrain.

Il venait de se décider pour un tronc volu-
mineux gisant sous la surface, lorsqu'une
forme monstrueuse surgit des eaux. Une
forme énorme et chevelue. Une forme incon-
nue. Adam laissa échapper un cri. En recu-
lant, sa jambe s'était coincée entre de grosses
branches. Il ne pouvait plus bouger.

Aussi rapidement qu'elle était apparue,
l'horrible créature plongea sous les eaux.
Immobilisé, Adam craignait qu'elle ne profite
de la situation pour venir lui tâter le mollet.
Il devait se sortir de là au plus vite. Ne sachant
trop comment s'y prendre, il poussa de tout
son poids sur l'arbre étendu devant lui. Posé
dans un équilibre précaire, le tronc disparut
sous la surface. Adam vit alors le monstre
surgir du marais pour une seconde fois. Son
ombre effrayante se dressait juste à côté de lui.

— Pitié ! pria-t-il en levant les bras pour
se protéger.

Impuissant, Adam agitait la lampe au-
dessus de sa tête dans l'espoir de chasser ce
cauchemar. L'instant d'un éclair, la lumière
lui révéla les traits tourmentés de la bête qui
le menaçait. La créature dégoulinante n'était
pas un serpent de mer ni un reptile aux crocs
acérés, découvrit-il éberlué. Le monstre était
en fait un vieux bouquet de racines coiffé

d'algues et maquillé de boue. En posant le pied sur le tronc branlant, il l'avait tiré de son lit centenaire et libéré des eaux.

— Foutus arbres ! grogna-t-il, encore tout tremblant.

Une chose était claire : ses nerfs ne supporteraient pas beaucoup de surprises de ce genre. Comme si cela ne suffisait pas, dans son agitation Adam échappa le piège à gourgandieu. La cabane colorée sombrait au fond du marais. Pareille à ces maisons emportées par un glissement de terrain, elle disparaissait sans qu'Adam puisse la récupérer. Il fulminait. Mais il y avait plus urgent. Prisonnière sous la boue, sa jambe réclamait toute son attention. Ce n'est qu'au prix de bien des efforts, et du sacrifice d'une de ses précieuses bottes, qu'il parvint enfin à la dégager. Son pantalon déchiré laissait voir les marques qu'y avaient inscrites les branches de leurs doigts aiguisés. On aurait juré que de petits rongeurs étaient venus y faire leurs griffes. Sa cheville le faisait particulièrement souffrir. Un examen rapide lui confirma ce qu'il craignait : une entorse. Adam grimaça. Difficile de continuer dans cet état. Dénouant sa ceinture et s'aidant des deux ustensiles de bois, il se confectionna une atèle de fortune. Équipé de la sorte, il réussit à se tenir sur ses deux jambes.

Adam avait eu la frousse, mais ne comptait pas s'arrêter si près du but. Il pouvait voir la rive se dessiner à travers un dernier rempart de branches. Un peu plus loin se trouvait une cabane à demi écroulée, un ancien camp de pêcheurs.

XIII

En passant la porte aux carreaux brisés, Adam quitta le cours normal du temps. Si, depuis le début de ses vacances, les heures autour de lui semblaient se faire plus lourdes, ici, dans ce sombre campement, il y avait longtemps qu'elles s'étaient arrêtées.

Le camp était abandonné depuis des années et une forte odeur imprégnait les murs. Sitôt qu'il y entra, de nombreuses mouches s'élevèrent dans l'obscurité pour l'accueillir. Elles bourdonnaient à ses oreilles comme une présence invisible et oppressante. En voulant leur échapper, Adam sentit le bois pourri du plancher ployer sous son poids. Avec une seule botte aux pieds, il était risqué d'aller plus avant de ce côté. Relevant le faisceau de sa lampe, il préféra inspecter sommairement les lieux.

Tapis dans l'ombre, des objets oubliés semblaient attendre le retour de leurs pro-priétaires : un vieux matelas, une chaudière

remplie de fagots de bois, ou d'anciens jour-
naux à potins empilés sur le coin d'une table.
Au mur, des articles défraîchis avaient été
épinglés. Ici une voiture écrasée sous un arbre,
là un bâtiment rasé par les flammes, ou pire,
une bicyclette d'enfant renversée dans un
fossé. Baissant les yeux, Adam vit un album
de famille ouvert sur une chaise.

— J'aurais dû y penser ! s'exclama-t-il,
réalisant où il venait de mettre les pieds.

Intrigué, il observa les visages de ces gens
dont la vie était passée à côté de la sienne.
Les MacMillan. Qui étaient-ils vraiment ?
Des voleurs ? Des charlatans, comme disait
son père ? Probablement que non. Adam savait
que la vérité se cache souvent là où on s'y
attend le moins, telle une paire de lunettes
égarée que l'on retrouve sur le bout de son
nez. Il décida donc de garder l'œil bien ouvert.

Il feuilleta l'album dans l'espoir d'y voir
une photographie d'Émilie. Quelques pages
plus loin, son souhait fut exaucé. Le cliché
montrait la jeune fille offrant un petit oiseau
de porcelaine à une dame au profil austère.
« Émilie au 60e anniversaire de tante Babiole »,
disait la légende. Prise à l'intérieur du chalet,
la photo révélait la seule passion de celle qui
y avait habité : les bibelots, qu'elle collec-

tionnait comme une athlète les médailles. C'est pour s'en moquer que les MacMillan l'avaient baptisée tante Babiole, comprit Adam.

La ressemblance entre la vieille dame et sa nièce était troublante. Toutes deux avaient un voile de mélancolie devant les yeux, une ombre d'inquiétude collée au front. En les observant, Adam avait le sentiment de voir une seule et même personne à deux époques différentes de sa vie. Il frissonna en remarquant que, contrairement à ce qu'on aurait été en droit de s'attendre, c'était la plus jeune des deux qui semblait le plus mal en point.

Au centre de la photo, le visage d'Émilie était d'une blancheur cadavérique. Certes, avec le temps, le papier avait vieilli et les couleurs avaient perdu de leur éclat. L'utilisation du flash n'avait pas, non plus, contribué à améliorer le teint de la jeune fille. Reste que l'adolescente n'y apparaissait pas à son avantage. Mais il y avait pire. En voyant le triste sourire qui se dessinait sur sa figure, on devinait qu'il ne s'agissait pas seulement d'une mauvaise photo. La malheureuse respirait le désespoir. Gênée par sa propre souffrance, elle se tenait auprès de sa tante emmurée dans le silence. Semblable à une condamnée, elle vivait recluse à l'envers des autres.

Remué par une émotion qu'il croyait morte depuis longtemps, Adam s'avoua la vérité : jamais il n'avait réussi à oublier la plus jeune des MacMillan. Il habitait avec Judith depuis plusieurs années, et éprouvait beaucoup d'affection pour elle, mais depuis ce jour de ses quinze ans, dans le cimetière de Sainte-Philo, il avait l'impression d'avoir raté un tournant important. Une occasion de dire oui à une autre vie, une occasion de sauver celle d'Émilie. Adam devint livide en se remémorant le tragique événement. Tout lui revenait avec une douloureuse précision.

Humiliée devant sa famille et ses amis, la jeune fille avait dû affronter les regards et ignorer les sarcasmes. Tout le monde connaissait les détails de la mésaventure des deux « amants fossoyeurs », comme on les avait appelés. Mais ce n'était pas tout. Ce soir-là, derrière l'église, Émilie avait acquis la certitude d'avoir gâché sa seule chance d'aimer. Convaincue qu'aucun garçon ne s'intéresserait plus jamais à elle, elle avait sombré dans une profonde mélancolie. Par une cruelle ironie, la pâle beauté de son visage, baignée par les larmes de l'amour, semblait avoir trouvé sa raison d'être. Elle était faite pour aimer, jusqu'à en mourir.

Quelques semaines après leur rendez-vous manqué, Émilie était montée seule à bord d'une barque. Sans aviser personne, elle s'était aventurée sur la rivière. Égarée par les remous de son cœur ou emportée par le courant, elle avait pris le large et dirigé son embarcation vers les plus gros rochers. C'est là, dans les bras glacés de la rivière, que la fille des MacMillan avait disparu. Malgré les recherches, le corps de la malheureuse ne fut jamais retrouvé.

Adam avait été très affecté par cette tragédie. Il était persuadé que s'il avait eu le courage de s'excuser, le courage de l'inviter ne serait-ce que pour une promenade, rien de tout cela ne se serait produit. C'était indiscutable. Malheureusement, il avait été incapable d'oublier les rivalités qui divisaient leurs familles et le livre s'était refermé. La plus singulière des MacMillan avait disparu avec son secret. *Je ne suis qu'un lâche,* songea-t il en courbant l'échine.

Depuis des années il portait ce deuil et refusait de le voir. Mais Adam ne pouvait se mentir plus longtemps. Cet été-là, qu'il le veuille ou non, une part de lui-même était passée du côté des crapules. Aussi facilement que l'on change de vêtements, il s'était glissé dans la peau de ces vauriens qui s'amusent à piller la vertu. L'histoire était vieille comme le monde et il avait été impossible pour lui d'y échapper. En fermant les yeux sur le sort d'Émilie, en négligeant l'ardeur des sentiments qu'elle portait à son égard, il était tombé dans la nuit la plus profonde. La nuit humaine. Chaque génération y entraîne la suivante et chaque heure compte sa victime. Trop tard pour tenter de brouiller les pistes. L'humanité entière le montrait du doigt. Par son indifférence, Adam s'était déclaré coupable.

Secoué par les souvenirs qui l'envahissaient, Adam déposa l'album. Tout bien considéré, y jeter un coup d'œil n'avait pas été la meilleure des idées. Il allait le refermer lorsqu'un dernier détail attira son regard. Comment avait-il fait pour ne pas le remarquer plus tôt ? Sur la photo, un élément manquait. En effet, aucun tronc d'arbre n'était suspendu à la cheminée du foyer. À la place, creusée dans la brique, se voyait une petite alcôve. *Je rêve*, frémit Adam en approchant sa lampe de l'image.

La niche n'était pas vide. À l'intérieur, quelque chose était posé. Quelque chose qu'il reconnut sans mal : un bouquet de noces. Les fleurs étaient minuscules, mais il n'y avait aucun doute dans son esprit. Ce bouquet était celui d'Émilie. Celui qu'elle portait lorsqu'il l'avait aperçue la première fois.

D'une main, il chercha la bouteille sous sa veste. Il avait soudainement très soif. Adam avait fouillé le chalet à deux occasions sans regarder à cet endroit. Se pouvait-il que la réponse à ses questions fût cachée derrière le mystérieux tronc d'arbre? Qu'un indice y soit resté dissimulé pendant tout ce temps? Il devait y retourner pour le découvrir. Privé de son embarcation, il n'y avait qu'une façon d'y arriver: gravir le Morne jusqu'au sommet. La route qui conduisait au chalet était quelque part, de l'autre côté. Avec de la chance, il y serait en moins d'une heure. Mais au moment où il portait le goulot à ses lèvres, un bruit le fit sursauter. Un bruit de branches brisées. Craignant d'être surpris à l'intérieur du camp, il quitta le repaire sans boire une goutte.

XIV

Personne ne se cachait derrière le refuge abandonné. Aucune trace d'un pêcheur ou de son fantôme. Tout ce qu'Adam découvrit fut le début d'un sentier. D'abord étroit, il s'élargissait et se ramifiait. Semblables aux filets d'une toile invisible, toutes les pistes montaient vers le Morne Échevelé. Persuadé d'être sur la bonne voie, Adam s'y engagea. Tout en marchant, il évitait de faire trop de bruit. Il ne voulait surtout pas indisposer les habitants de cette étrange montagne à la chevelure hirsute. Avec un peu de chance, il espérait rejoindre la route sans se faire remarquer.

La pointe du Morne était encore loin lorsqu'il comprit que cela ne serait pas possible. À un détour de la piste, une petite silhouette venait de grimper sur le tronc d'un arbre. En deux bonds, elle y montait et s'accrochait aux branches. Balayant l'obscurité du faisceau de

sa lampe, Adam chassa les ombres envelop-
pant l'intrus. Trop tard. La forme avait déjà
disparu sous les feuilles. Il avait seulement
eu le temps d'apercevoir deux yeux brillants
se fondre dans la nuit. *Sûrement un chat
sauvage,* pensa-t-il. *La région en a toujours
été infestée.*

Soulagé d'avoir fait fuir la bête aussi facilement, il décida de continuer dans cette
direction. Le sentier gravissait le flanc sud
du Morne et il le suivit jusqu'à ce qu'il se
retrouve au sommet. Debout au bord de la
falaise, Adam dominait le lagon, sa lampe
brillant tel un phare dans l'obscurité. Plus
bas, le lac s'habillait de brume tandis que la
lune escaladait tranquillement les montagnes.
Dans le silence de la nuit, une secrète entente
paraissait unir ciel et terre. À l'image de la
marée d'étoiles qui inondait la voûte céleste,
une multitude de troncs blanchis luisaient
au pied du Morne. Ils gisaient sur le sol tels
les ossements d'un pays oublié. L'impression
que ce lieu conservait le souvenir des premiers
jours du monde était oppressante, et Adam
y succomba. Fermant les yeux, il inspira
profondément.

C'est au moment précis où son esprit
s'élevait au-dessus des tourments de son cœur

qu'il perdit pied. Tout se passa si vite qu'il ne sut jamais si on l'avait poussé ou si, au contraire, une force obscure l'avait tiré en avant et précipité dans le vide. Par chance, quelques mètres plus bas, un rocher saillant à flanc de montagne mit un terme à sa chute. Adam remercia sa bonne étoile : il aurait pu aggraver sa blessure ou, pire encore, se rompre les os.

Je dois m'être aventuré plus près du bord que je ne le croyais, raisonna-t-il pour expliquer sa dégringolade.

Il lui fallait à tout prix éviter ce genre de maladresses. Se remettant sur ses jambes, il sonda le vide du faisceau de sa lampe. La falaise qui se dessinait sous ses pieds était si escarpée, qu'une tentative dans cette direction, surtout en pleine nuit, eût été suicidaire.

— Impossible de me défiler. Si je veux me sortir de ce mauvais pas, je n'ai guère le choix : il faut me hisser jusqu'en haut.

La paroi était plutôt accidentée et il estimait réussir à l'escalader sans trop de mal. Prêt à monter, il plaqua ses mains sur la pierre au-dessus de lui. Du bout des doigts, il cherchait un endroit où s'accrocher, une faille assez profonde pour y prendre appui. Alors qu'il croyait l'avoir trouvée, le souffle d'une respiration se fit entendre. Un grognement semblable à celui d'un gros matou en colère. Pour autant qu'il pouvait en juger dans l'obscurité, cela provenait du sommet. Adam demeura parfaitement immobile. Un doute venait de lui traverser l'esprit.

Et si c'était autre chose qu'un chat ?

Le Morne était le refuge de nombreuses bêtes sauvages. Cela ne faisait aucun doute. Mais étaient-elles seules à hanter les bois ? Adam aurait aimé en être convaincu. De toute évidence, la faune n'avait acquis qu'un droit de passage sur ces terres où elle vivait. C'est au sommet que régnait le « maître du lieu » ou le « gourgandieu », comme l'avaient baptisé les MacMillan qui étaient, sans contredit, la référence en la matière. Selon eux, le génie s'était installé sur la montagne dès l'arrivée des premiers colons et n'avait plus bougé depuis.

Dans sa fâcheuse situation, Adam voyait les choses sous un jour nouveau. Pour la première fois, cette histoire lui semblait plus qu'une simple fable imaginée par le clan MacMillan pour éloigner les curieux. Maintenant qu'il y était, il paraissait probable qu'un esprit eût élu domicile sur cette petite montagne. Perdu au milieu des marais, le

Morne était sombre et sauvage. Même le soleil du midi ne pouvait en pénétrer les ténèbres et peu de gens s'y aventuraient. C'était un lieu lugubre. L'endroit rêvé pour se cacher et tendre une embuscade. Adam devait regarder la vérité en face : le gourgandieu était là. Il l'attendait, accroupi au haut de cette falaise. Il n'y avait aucun moyen de l'éviter.

XV

Adam s'accrochait du mieux qu'il le pouvait. Si, comme il l'imaginait, la représentation touchait à sa fin, alors il lui fallait tout donner. Faire appel à ce qu'il avait de courage et foncer. Adam prit une profonde inspiration et commença son ascension. Chaque centimètre parcouru était une nouvelle victoire et, au prix de quelques acrobaties, il arriva au sommet. En y posant le pied, il fut soulagé de constater qu'il était dans l'erreur : le moment de la scène finale n'était pas encore venu. Avec l'arrogance d'un prestidigitateur qui se joue de la crédulité de son public, le gourgandieu demeurait invisible. Il échappait au regard d'Adam. Aucune trace de lui à la surface du Morne. Pourtant, il était tout près. Adam en aurait mis sa main au feu. Une odeur de fauve flottait dans l'air, semblable au parfum de la mort elle-même.

Terrifié par cet ennemi qui se moquait de lui, il n'attendit pas une seconde de plus. Oubliant sa blessure, Adam dévala le sentier qui s'ouvrait devant lui. Il se déplaçait rapidement malgré cette cheville qui le faisait boiter et disparut avant que le gourgandieu ne bondisse de sa cachette. Déterminé à laisser la pointe échevelée derrière lui, il choisit de bifurquer sur une seconde piste, plus abrupte. Elle plongeait à sa gauche et descendait d'un seul trait jusqu'au pied de la montagne. En la suivant, Adam gagnerait la route qui ne se trouvait pas loin de ce côté. De là, il filerait jusqu'au chalet, et, sitôt la voiture chargée, quitterait la région pour ne jamais y revenir.

C'est alors qu'il reconnut cet étrange reniflement, ce grognement à glacer le sang. Adam ralentit le pas. Son adversaire rôdait toujours aux alentours. D'un œil nerveux, l'homme cherchait un signe qui lui permettrait de le démasquer lorsque l'ombre d'un rapace passa au-dessus de sa tête. Pareil à un prédateur qui a repéré sa proie, l'oiseau décrivait de grands cercles dans la nuit. Cette fois, ce ne pouvait être que lui : le gourgandieu. Il se montrait enfin ! La créature diabolique approchait et Adam se croyait perdu. D'elle-même sa main trouva une pierre. Dans un geste désespéré, il la lança vers le ciel.

Le projectile toucha sa cible et le génie tomba. Frappé en plein vol, il roula parmi les feuilles mortes en hurlant de douleur. La rage du démon était telle qu'Adam se boucha les oreilles comme s'il redoutait que les cris de sa victime ne le dévorent. Incapable de rivaliser avec une pareille furie, il prit la fuite. Déjà le génie se relevait. Adam pouvait l'entendre gratter le sol à la façon d'un taureau prêt à charger et il courait en cherchant un endroit pour se cacher. Un endroit où ce démon ne pourrait pas le trouver. Il ne s'arrêterait qu'à cette seule condition.

XVI

Adam s'enfonçait vers les ombres les plus denses de la forêt. Il s'empêtrait dans chaque buisson, se battait avec chaque branche. La terreur, découvrait-il, n'a pas de limite. Il la sentirait palpiter au fond de lui aussi long-temps qu'il vivrait. C'était une de ces froides certitudes qui vous clouent sur place. Une de ces vérités atrocement humaines qui, si elles ne vous rendent pas fou, vous tuent net. Son poursuivant lui donnait des frissons dans le dos, et Adam cherchait à gagner du terrain, à s'égarer pour mieux égarer l'autre. C'était tout ce qui comptait.

Au pied du Morne, de nombreux rochers se dressaient dans les ténèbres et Adam se dissimula à l'abri de l'un d'eux. L'oreille tendue, il ne discernait plus aucun bruit. Seuls les battements affolés de son cœur résonnaient toujours dans la nuit. Avait-il semé cet affreux démon ? Il n'osait pas y croire. Loin de le rassurer, le silence nourrissait sa peur, l'emprisonnait dans sa folie. En vérité, plus le verdict du gourgandieu tardait à tomber, moins Adam espérait être gracié. La sentence s'annonçait exemplaire.

Au bout d'un moment, il risqua un œil derrière lui. Sur le flanc de la montagne, le vent était seul à se promener entre les branches. Le génie semblait avoir perdu sa trace. Ne souhaitant pas révéler sa présence, Adam jugea plus sage de ne pas bouger. Il demeurerait là où il était jusqu'au lever du jour. C'était ce qu'il y avait de mieux à faire. Il patienterait quelques heures et, à l'aurore, disparaîtrait pour de bon. D'ici là, il devait tenter de se reposer. Sa petite excursion s'était avérée plus éprouvante qu'il ne l'avait anticipé et le pauvre était à bout de forces.

Une étoile filante traversa le ciel et cela le réconforta. Là-haut il n'y avait aucune querelle ou jalousie. Aucun démon ou génie en colère. Que le silence défiant paisiblement le temps qui passe. S'efforçant de retrouver ses sens, Adam desserra ses poings et laissa retomber son menton sur sa poitrine. Cette histoire serait bientôt terminée. Sa vie trépidante reprendrait son cours et l'incident serait vite classé. Tout rentrerait dans l'ordre. Il n'avait pas à s'inquiéter.

Soudain, il laissa échapper un cri. Piquée au vif, sa jambe brûlait comme sous l'effet d'une morsure. Le gourgandieu ! Il s'enroulait à lui pareil à un serpent étouffant sa prise. Le démon cherchait à renverser Adam qui luttait pour ne pas tomber. Farouche, l'horrible génie s'acharnait à vouloir le terrasser. La bête semblait sortie des cauchemars de l'homme pour une seule raison : lui faire la peau. Paniqué, Adam se projeta en avant dans l'espoir de se libérer. Le génie ne lâcha pas prise. S'entraînant l'un l'autre, ils culbutèrent avec fracas le long d'une pente. Leur chute se termina une dizaine de mètres plus bas, dans le lit d'un ruisseau. En tombant, Adam coinça le gourgandieu sous son poids. Il le sentait se débattre au fond de l'eau. Les dents pointues mordaient ses poignets, les longs doigts labouraient son dos. Il devait réussir à le garder prisonnier, l'empêcher de refaire surface. C'était son unique chance. Allongé dans le lit glacé du ruisseau, Adam ne quittait pas les étoiles des yeux.

Là-haut il n'y a pas de génie… Pas de génie, se répétait-il en espérant tenir le coup assez longtemps.

C'est à cet instant que la terre se mit à trembler. Pareil à un écho surgi des entrailles du monde, un frisson parcourut la forêt. Le Morne entier chancela et partout les arbres se balançaient en grinçant de façon sinistre. Dans le ciel, les étoiles paraissaient devenues folles et Adam les regardait perdre le nord sans pouvoir bouger. Jamais il n'avait été témoin d'un phénomène semblable. Se jurant de ne plus remettre les pieds sur la montagne, il priait en s'attendant au pire. Après d'interminables secondes, la secousse diminua d'intensité. La nature retrouvait peu à peu son calme. Adam se releva en cherchant son équilibre. Il avait l'impression de s'éveiller d'un mauvais rêve. Telle une ombre qui retourne au néant, le gourgandieu avait disparu dans le courant.

XVII

Adam erra un bon moment, tournant en rond comme un idiot. Grâce au ciel, il avait toujours sa bouteille pour lui tenir compagnie. Après quelques gorgées, il lui sembla que ses membres trempés se réchauffaient et que la douleur à sa cheville s'estompait.

— Dès que je mets le pied au chalet, je boucle ma valise ! marmonna-t-il en cherchant la route des yeux.

Elle lui apparut avec les premières lueurs du jour. Soulagé, Adam marcha d'un bon pas malgré son état. Sa petite aventure était terminée. Il se sentait délivré, libéré d'un poids qu'il avait porté à son insu trop longtemps. Affranchi du passé, il pouvait enfin regarder vers l'avenir la tête haute.

En ouvrant la porte du chalet, Adam s'arrêta net. Il n'arrivait pas à croire ce qu'il voyait. Tous les bibelots, toutes les peintures et poteries gisaient brisés sur le sol. Ils avaient été jetés en bas de leurs tablettes, pareils à des passagers clandestins hors d'un train. Une seule explication était possible : la charpente du chalet avait été ébranlée par cette secousse qu'il avait ressentie sur le Morne. Il n'avait donc pas rêvé. Le gourgandieu était tombé.

Les murs ainsi dénudés étaient d'une pâleur indécente, et, peu importe de quel côté il tournait la tête, Adam ressentait la gêne de celui qui surprend l'être aimé sans son maquillage. Dépourvue de ses artifices, la vieille maison avait définitivement beaucoup moins de charme. Mais il ne sourcilla pas, supportant la scène comme on supporte la vue d'un mauvais tableau. De toute façon, dans quelques minutes, il serait loin.

Accroché à la cheminée, le mystérieux tronc d'arbre avait tenu le coup. Visiblement, il avait été sérieusement secoué, mais était toujours en place. Adam tira une chaise et y monta. Il devait voir ce qui se cachait derrière ce vieil arbre tordu. Après cela, il pourrait quitter la région et tourner la page, une fois pour toutes.

— Viens un peu par ici ! marmonna Adam en étirant les bras.

Il constata aussitôt que le morceau de bois était beaucoup plus lourd qu'il ne l'avait imaginé. Toute sa bonne volonté fut nécessaire pour le décrocher. Après deux tentatives infructueuses, il réussit enfin.

— Parfait-parfait, souffla-t-il en le déposant sur le sol.

Il ne s'était pas trompé. Comme sur la photographie, une petite alcôve était creusée dans la tour de briques. Pendant toutes ces années, le tronc d'arbre en avait dissimulé l'existence. À l'intérieur, le bouquet d'Émilie était là où elle l'avait déposé. Les fleurs séchées avaient perdu leurs couleurs, et leurs tiges se brisèrent sous les doigts d'Adam lorsqu'il chercha à les prendre. Navré, il voulut retirer sa main puis se ravisa. En s'effritant le bouquet venait de lui révéler la présence d'un second objet. Une dernière babiole rangée au fond de la cachette. Adam reconnut aussitôt la chose : sa vieille montre de poche. Celle qu'il avait égarée dans le cimetière, lors de cette chaude nuit de ses quinze ans. Celle que lui avait donnée son grand-père. Il la voyait aussi clairement qu'une pièce d'or dans un coffre au trésor, mais ne pouvait croire qu'il s'agissait bien d'elle.

105

— Par quel prodige a-t-elle pu arriver là ?

Comme celui qui déballe un cadeau qu'il n'espérait plus, Adam écarta avec émotion les toiles d'araignées qui l'enveloppaient. Le boîtier, rongé de rouille, était triste à voir. L'état du couvercle le désola encore davantage. Le petit dôme doré était méconnaissable. Sa surface, jadis brillante, était si rayée qu'on aurait juré qu'un fauve y avait aiguisé ses griffes. Pas un centimètre n'avait été épargné. Gravé au centre, le nom de son aïeul était désormais impossible à lire et ce détail, plus que tout autre, troubla Adam. De toute évidence, on l'avait délibérément effacé.

Le couvercle grinça lorsqu'il l'ouvrit. À l'intérieur, le mécanisme avait mystérieusement disparu. Une poignée de terre et quelques cailloux en remplaçaient les rouages. Seules les deux aiguilles étaient toujours en position sur leur pivot. Les pointes en étaient cependant tordues et n'indiquaient plus rien. Enroulées l'une sur l'autre, elles dessinaient un étrange symbole.

— La croix du gourgandieu ! réalisa Adam.

Ébranlé, il remit la montre où il l'avait trouvée. Une seule personne pouvait l'avoir

cachée à cet endroit : Émilie. Elle l'avait conservée en souvenir de leur mésaventure.
Rejetée et meurtrie, la malheureuse s'en était
ensuite servie pour jeter une malédiction sur
lui. Les MacMillan, c'était bien connu, avaient
tous un penchant pour la sorcellerie et la
cadette de la famille ne faisait pas exception
à la règle. Entre ses doigts, la petite montre
était devenue l'outil d'un plan diabolique.
Éperdue par la douleur, elle avait imaginé un
moyen infaillible pour prendre le temps à
son propre jeu et retrouver la paix : signer
un pacte avec la mort. Au pays des esprits,
rien n'avait plus de poids qu'une disparition.
En plaçant ses jours dans la balance, elle s'était
assurée que ceux-ci accompliraient sa volonté.
En effet, elle n'avait jamais été naïve au point
d'ignorer les détails d'un contrat de cette
nature. Elle avait dû savoir que, si tout se
passait bien, un funeste compte à rebours se
mettrait en marche dès son départ pour l'autre
monde. À l'heure dite, les forces surnaturelles
quitteraient le néant pour venger son honneur.
Cet accord était irrévocable. Grâce à lui, Émilie
s'était évanouie en étant convaincue d'obtenir
justice. Le responsable de son malheur la
rejoindrait dans l'éternité. Les deux amants
y seraient à jamais réunis.

Adam ne put s'empêcher de frissonner. Comment une si timide créature avait-elle pu élaborer cette macabre mise en scène ? Cela demeurait pour lui un mystère. Hors de tout doute, elle ne lui avait jamais pardonné. Jusqu'à la fin, elle l'avait détesté de la même manière qu'elle l'avait aimé : aveuglément. La flamme qui la consumait empêchait qu'il en soit autrement. L'adolescence est l'âge où les émotions se cherchent une raison et Émilie avait trouvé la sienne. Aucun sacrifice ne lui paraissait trop grand, aucun châtiment trop cruel. Elle refusait simplement d'en rester là.

Par chance, Émilie n'était pas une véritable sorcière et les rares pouvoirs qu'elle possédait étaient tous en deçà de sa colère. L'unique esprit à entendre son appel avait échoué. Le piège n'avait pas fonctionné tel que prévu et la victime s'était échappée. Adam ne pouvait que s'en féliciter. Il était toujours debout sur ses deux jambes. Il était encore en vie.

Troublé par sa découverte, Adam fit ses bagages sans attendre davantage. Il était plus que temps de partir. Pendant un moment, il pensa jeter le vieux bout de bois dans le foyer. C'est avec joie qu'il aurait observé les flammes lécher son écorce et brûler ses veines. Il serait resté à contempler le brasier jusqu'à ce que le tronc se soit totalement envolé en fumée. Mais il changea d'idée. Inutile de provoquer les esprits. Mieux valait oublier toute cette histoire. Agir comme s'il n'avait jamais découvert ce piège qu'Émilie lui avait tendu. Le vieux tronc d'arbre retournerait donc sur la cheminée. De cette façon, on ignorerait qu'il était passé par là. Persuadé que c'était ce qu'il y avait de plus sage à faire, Adam chargea le morceau de bois sur ses épaules et grimpa sur la chaise.

— Allez ! Un dernier petit effort.

XVIII

Judith arriva à Sainte-Philomène le vendredi, en soirée. Dès qu'elle aperçut le clocher de l'église, elle ralentit. La note qu'Adam lui avait laissée indiquait de tourner à gauche, sitôt passé le cimetière. Elle suivit les instructions, heureuse de se savoir dans la bonne direction.

Le quai de plaisance lui apparut au hasard d'un détour. Une nappe de brume glissait à la surface du lac et donnait à la scène un aspect irréel. Près de la rive, les chalets étaient enveloppés par la marée blanche et on aurait dit que les vapeurs du sommeil venaient épouser les courbes de leurs jardins. Au crépuscule, dans les campagnes, c'est toute la nature qui emprunte au ciel ses mystères et Judith avait l'impression de rouler dans un paysage de rêve.

Sur la plage, elle vit qu'un grand feu avait été allumé. Quelques plaisanciers y étaient rassemblés. Debout près des flammes, un accordéoniste les faisait chanter. Tout en jouant, il dansait autour du brasier avec l'agilité et la bonne humeur d'un gnome.

Sûrement le musicien dont m'a parlé Adam, se souvint Judith. *Je serai bientôt arrivée.*

À cette pensée, les battements de son cœur s'accélérèrent. Un rapide coup d'œil au rétroviseur lui rappela qu'elle était toujours amoureuse. Ses yeux pétillants ne savaient pas mentir : malgré les petits défauts d'Adam, elle avait très envie de se retrouver dans ses bras. Désirant le surprendre, elle s'engagea avec douceur dans l'entrée.

En posant le pied hors du véhicule, son talon glissa sur une bouteille vide couchée dans l'herbe. Du scotch. Cela ne ressemblait pas à son homme, lui qui évitait tout excès. Judith ne s'en formalisa pas. L'heure était aux retrouvailles et elle voulait éviter les sujets de discorde. Elle avait tant de choses à lui raconter : son nouveau poste, ses camarades de travail, sans oublier le cadeau qu'elle lui apportait pour son anniversaire.

Judith regarda autour d'elle et ouvrit son sac. Adam allait la croire cinglée, lui qui lorgnait depuis si longtemps la vitrine de la bijouterie sans oser y entrer. Posée sur un coussinet de velours, une montre de poche était offerte au regard des passants. Malgré son prix, Judith n'avait pu résister au plaisir de faire cette surprise à son époux.

Elle est magnifique, songea la jeune femme en l'admirant comme si elle lui était destinée. Ce présent était une façon pour elle de s'assurer qu'Adam ne l'oublie pas une minute. Son égoïsme l'empêchait de voir le cynisme de cette attitude. Si elle avait pu, elle en aurait eu honte.

La porte du chalet n'était pas verrouillée. Dissimulant son sac derrière le dos, Judith entra. Elle avait l'allure d'une enfant s'apprêtant à jouer un mauvais tour et elle sourit de se sentir si nerveuse. Mais sur le seuil, son visage se transforma. Étendu parmi les bibelots brisés gisait le corps de son mari. Le nez écrasé contre la dalle du foyer, il fixait, sans le voir, le pied de la cheminée. Sur ses épaules, un lourd tronc d'arbre marquait l'irréparable.

Judith croyait vivre un cauchemar. En une fraction de seconde, ses pensées avaient fait place à un vide immense. Un vide sans fond. Toutes ces années à ruminer combines et bonnes affaires ne comptaient plus. La sordide vision qui s'offrait à elle avait éludé toutes les questions, réglé tous les calculs en suspens. La somme d'une vie se résumait à ce moment précis. Il n'y avait plus un iota qui puisse être soustrait, plus une décimale qui puisse être ajoutée. Un seul point retenait son attention : Adam l'avait quittée. Pour toujours.

À Sainte-Philomène, les anciens le répétaient à qui voulait l'entendre : les fantômes tiennent toujours leurs promesses. Bons ou mauvais, ils n'ont qu'une parole et ceux qui s'en moquent courent à leur perte. Les événements leur donnaient à nouveau raison. Pareil au fracas d'une tempête, le cri de Judith avait résonné sur le lac. Ceux qui l'entendirent eurent l'impression qu'une ombre venait d'éclipser leurs vacances. Mais encore plus terrifiant fut l'écho que leur renvoya le Morne Échevelé. À l'appel du cœur en détresse, une seconde voix s'était jumelée. Une voix pointue et glacée comme une pluie de grêlons s'abattant en plein été. Au sommet de la petite montagne, caché sous la grisaille d'arbres sans nom, un gourgandieu riait à en perdre l'esprit.

TABLE DES CHAPITRES

**Gaëtan
Picard**

Graphiste de formation, Gaëtan Picard œuvre
dans le monde de la publicité depuis de nombreuses années. Tour à tour illustrateur, con-
cepteur et rédacteur, il a touché à tous les
aspects de la communication. Très jeune, il est
tenté par l'aventure littéraire et il publie aux
Éditions Pierre Tisseyre une série fantastique
intitulée *Azura le Double Pays*. Il nous revient
aujourd'hui avec *Le piège*, un texte qui allie
avec doigté horreur et épouvante…

COLLECTION CHACAL